最強の職業は解体屋です！

SAIKYO NO SYOKUGYO WA KAITAIYA DESU!

ゴミだと思っていた
エクストラスキル『解体』が
実は超有能でした

FUKUDA AKIKAZU
服田晃和

Illust. ひげ猫

登場人物紹介

SAIKYO NO SYOKUGYO WA KAITAIYA DESU!

CHARACTERS

アレク
本編の主人公。
名門貴族の次男として
生まれる。前世は日本人で、
解体作業のベテランだった。
アルテナ
異世界『アルテウス』の神様。
転生の際、アレクに様々な
スキルを与えた。
各地の教会で祀られている。

ネフィリア
フェルデア王国の
王都にある、
ウォーレン学園の教師。
『ダンジョンの仕組み』の
講義を担当。
エリック
アレクの兄。
魔法の才能に優れる。
カールストン家の跡取り。
アリス
ラドフォード家の令嬢。
父親はフェルデア王国の
王弟。幼い頃、アレクと
友人になる。

とある都市の、とある戸建ての家。そこに、一際《ひときわ》異臭を放つ部屋があった。

飲みかけのジュースや食べかけの菓子、さらには何年前のものか分からない程に腐敗したパンが床に転がっている。

この部屋に住める人間など存在しないだろう、と思う程に汚れていた。

「ふー、今何時だ？」

埃《ほこり》が舞い上がる中で、俺は一言そう呟《つぶや》いた。

カーテンの隙間から窓の外を見る限り、もう夜中なのだろう。

「結構かかっちまったな。早く終わらせねーと」

俺は下を向きながら、疲れた声で言った。

大学を卒業して入社した建設会社は所謂《いわゆる》ブラック企業で、残業代なし、休日出勤をしても手当なんて勿論《もちろん》ない。そんな会社に勤めること十五年、いつの間にか解体作業のベテランとして現場を任されていた。

ここまで仕事一筋十五年の俺は、未だ独身。異性との交際経験はあるものの、結婚には至らず一人寂しい毎日を送っている。独身貴族と言えば聞こえがいいだろうか。

そんな俺は今日も、廃屋《はいおく》の二階で解体作業を行っていた。

「先輩ー！　作業終わりそうですかー？　終わりそうにないなら一旦飯でも行きましょうよー！」

外で作業を行っていた後輩から声がかかり、俺は窓の側《そば》まで移動する。歩くたびに、脆《もろ》くなった床がギシギシと音を立てた。

「まだ終わりそうにないなー！　先に飯にするかー！」

そう後輩に返事をして、部屋の出口へ歩き出したその時、床が崩れ出した。

「お、おい。マジかよ！」

急いで退避しようとするが、大量のゴミが邪魔をして、自由に動くことが出来ない。

「くそ！　一か八《ばち》か外に飛ぶしかねぇ！」

俺は窓へと振り返り、外に飛び出した。

二階から飛び降りた衝撃で足に激痛が走ったものの、大きな怪我《けが》はなさそうだ。

「危なかった。頭から落ちてたら死んでたぜ」

そう呟いた瞬間、頭の上に大量のゴミが降り注ぎ、俺の視界は真っ暗になった。

■

目が覚めると、俺は真っ白な空間に立っていた。

「……ここはどこだ？」

廃屋の二階から飛び降りたところまでは覚えているのだが、その後どうなったのか、さっぱり記憶にない。

「そうだ。あの後、急に真っ暗になったんだよな」

何かの衝撃に襲われたことを思い出して、後頭部をさする。

俺は自分の置かれている状況が分からず、恐る恐る周りを見渡した。

周囲には何も無く、どこまでも白い床が広がるばかりである。どう見ても俺が居た廃屋ではないし、一緒に仕事をしていた後輩の姿も見えない。

「俺、一体どうなったんだ……？」

「君は死んだんだよ！」

考えていると、後方から可愛らしい声が聞こえた。

振り返ると、いつの間にか金髪の美しい女性が立っていて、ニコニコ笑っていた。

「えっと、貴方は誰ですか？　それと俺が死んだってどういうことです？」

「あーごめんごめん！　僕の名前はアルテナ！　一応、『アルテウス』という世界の神様さ！　君は廃屋の二階から飛び降りた後、落下してきた大量のゴミに押し潰されて死んじゃったってわけ！」

この僕《ぼく》っ娘《こ》――自称神様の返答に、普通の人であれば慌てふためくのかもしれないが、俺はなぜか落ち着いていた。勿論初めての経験だったが、不安にならなかったのだ。

俺はアルテナに向かって聞き返す。

「つまりここは、死後の世界ってことですか？」

「まぁそゆことだね！　というか君、凄《すご》く落ち着いてるね！　普通こういう時は騒いだりするもんじゃないの？　嘘だろ、俺死んじゃったのかよ！　とか、ワァー神様だ！　とかさ！」

「そうですね……なんでか分かりませんが、落ち着いてしまってます」

「ふーん、つまんないの！　君はね、本当は元の世界で輪廻転生《りんねてんせい》するはずだったんだけど、なんでか魂がこっちの世界に来ちゃったんだよねぇ。珍しいこともあるもんだ！」

「えぇ……じゃあ俺はこの先どうなるんですか？　もしかして、生まれ変われないとか？」

「いや、そんなことは無いよ！　君は二つから選択をすることが出来る！　一つは、元の世界で新しい人生を送ること！　そしてもう一つは……僕の世界『アルテウス』で新しい人生を送ること！　さぁどっちにする？」

アルテナはなぜか、ウキウキとした表情で会話を進めていく。

俺はそんな彼女の気持ちを理解することが出来ず、冷静に返答した。

「では、地球に戻して頂けますでしょうか？」

「うんうん、そうだよね！　じゃあこれから異世界転生の手続きを……って、えぇ!?　そこは異世界一択でしょ！」

「うーん、俺は貴方の世界のこと、少しも知りませんし……地球よりも科学が発展していない世界だったら耐えれませんよ。スマホとかテレビとかあるなら話は別ですけど。インターネットも重要ですね」

「わぁー待って待って!! 説明を聞いてよ!!」

俺の返答にアルテナは焦《あせ》り始め、『アルテウス』についての説明が始まった。

彼女から聞いた話を簡単にまとめると、『アルテウス』はこんな感じの世界だった。

・科学は発展しておらず、その代わりに『魔法』が存在する。
・多数の国があり、殆《ほとん》どの国が君主制である。
・『ヒト』に相当する種族は人間だけでなく、亜人や魔族が存在する。
・モンスターが存在し、人間の生活を脅《おびや》かしている。
・レベルシステムがあり、レベルが上がる程強くなる。
・全種族共通で一人につき一つ『職業』があり、ステータスや使えるスキルなどが決まる。
・『職業』は生まれた時から変わることはなく、魔法使いや剣士など様々なものがある。

「——ざっとこんな感じかな！ さぁどーだ、異世界転生したくなったでしょ！ まだ間に合うよ!!」

アルテナはよっぽど俺を異世界転生させたいのか、熱心に話しかけてくる。

聞いてみた感じ、『アルテウス』には確かに魅力的な要素は多かった。ゲームやアニメなどで見た世界で過ごせるチャンスなんて二度と無いだろうし。

でもモンスターの存在が厄介《やっかい》だ。俺にはアニメの主人公のような力なんて無いし、もしモンスターと出くわしたら瞬殺される自信がある。

「確かに魔法とかは魅力的だけど、俺は戦闘とか経験したことないし……そもそも魔法って俺でも使えるんですか？」

「勿論だよ！　もし『アルテウス』に転生してくれるなら、サービスしちゃおうかなぁ……」

アルテナはそう言いながら人差し指を口に当て、可愛らしい笑みを浮かべた。

サービスか。後輩にオススメされて読んだ異世界転生？　の小説の主人公も、転生する時には神様に何かギフトを貰《もら》っていたな。

それが貰えるとすれば、俺でもモンスターを倒すことが出来るかもしれない。

「それにさ！　地球に戻ったって、次は人間になれるか分かんないよ？　虫かもしれないよ？『アルテウス』に転生するなら、人間の男の子で、前世の記憶だって持たせちゃう!!　どう？　その気になったでしょ？」

確かに彼女の言うことも一理ある。地球に戻ったところで、もし虫に生まれ変わるなんてことになったらと思うと寒気がした。

でもここまで異世界を推されると、怪しい気もしてしまう。

俺は悩みに悩んだ末、『魔法』の魅力に負け、異世界転生を決意した。

「分かりました。貴方の世界に転生させて貰います！　ちなみに、サービスは何を頂けるのですか？」

「わーい！　ありがとう!!　じゃあ早速手続きさせて貰うね!!」

俺が了承の返事をすると、アルテナはサービスのことなんかすっかり忘れて、キーボードのようなもので何かを打ち込み始めた。

「あの、サービスは……」

「あーごめんごめん！　サービスはね、まずは健康な体！　病気とかにかからないようにしてあげるね！」

健康な体はありがたい。何をするにも体が資本だからな。

「あとは、『鑑定』スキルと『収納』スキルかなー。この二つが有れば、とりあえず死ぬことはないと思うよ！　あとは『言語理解』！　なんでも日本語として理解出来るようにしといてあげる！」

そんなにサービスしてくれるのか。この三つがあって健康な体があれば、確かに簡単には死ななそうだな。

戦闘に関して一切サービスが無いのは不安だが、欲を言ってサービスを減らされても困るし、黙っておこう。俺でも魔法は使えるって言っていたし。

「そういえば、なんであんな場所に居たの？　人間が住むような場所には見えなかったけど……」

不意にアルテナに問われた俺は、苦笑いをしながら答える。

「あぁ……仕事でいたんですよ。うちの会社は所謂ブラック企業ってやつで、お金のためならなんでもやらせる会社でしたからね。廃屋の解体なんて危険な作業、何度やってきたことか」

「へぇー。じゃあ職業は『解体屋』だったんだね！」

ポチポチと何かを入力しながらアルテナにそう言われ、自分でも納得してしまった。

建設会社に就職したのに、なぜか解体作業の方を多くこなしてきたのだから、『解体屋』と呼ばれても仕方ない。

「よし、手続き完了！　ということで、君は今から世界『アルテウス』に転生して貰うよ！」

これで俺も魔法使いになれる。そう考えていると、目の前に光の渦《うず》が現れた。

「さぁ、そこに飛び込んだらいよいよ転生だ！　君の新しい人生が幸多きことを願っているよ!!」

満面の笑みで俺を送り出してくれるアルテナ。

俺も少し幸せな気分で光の渦へと一歩を踏み出す。

「ありがとうございますアルテナ様。貴方の世界で楽しく暮らせるように頑張ります！」

そして俺は、光の渦へ呑《の》み込まれていった。

どんな魔法を使えるのか楽しみにしながら。

「どうしよう、彼の職業『解体屋』にしちゃった……」

この声が俺の耳に届くことはない。

■

「オギャーオギャー！」

俺は高らかに産声《うぶごえ》を上げた。

「リアよくやったぞ！　男の子だ！」

「おめでとうございます、旦那様」

「うむ！　これでカールストン家の未来は盤石《ばんじゃく》となったな！」

ん？　旦那様？

白くぼやけていた視界がはっきりし始めると、俺の目の前に白髪の綺麗な女性が見えた。額《ひたい》に多くの汗を掻きながらも、その女性は俺に対して愛おしい者を見つめる瞳をしていた。

女性が俺を抱える傍《かたわ》らには、目つきの鋭い男性が立っている。

「職業が私と同じ『魔導士』であれば、もっとありがたいのだがな！」

「きっとこの子も、貴方と同じ『魔導士』ですよ」

「お前と同じであったとしても『魔術師』だからな！　どちらであってもカールストン家の次男としては問題なかろう！」

(『魔導士』だと！　なんだその、魔法使いですって感じの職業は！)

父親が『魔導士』で、母親が『魔術師』という職業のようだ。ということは、俺もどちらかと同じ職業になる可能性が高いのではないか？

アルテナには魔法が使えるようにと頼んだし、きっと魔法が使える職業に違いない。

俺は魔法が使える期待に、喜びを隠せずにいた。

(話を聞いている感じだと、もしかして俺、お金持ちの家に生まれたのか？　お金持ちで魔法使いなんてめちゃくちゃ最高な転生じゃないか！)

両親以外にも、ちらほらと大人の姿が見える。

父親らしき人は旦那様と呼ばれていたし。新しい人生のスタートが好調だったことに、自然と俺のテンションが上がっていく。

(そう言えば、アルテナから『鑑定』のスキルを貰ったんだっけ。ちょっと見てみるか)

両親二人に向かって『鑑定』をかけてみる。

すると、二人の顔の横にうっすらと文字が見えてきた。

【名前】ダグラス・カールストン
【種族】人間
【性別】男

【職業】魔導士
【階級】カールストン辺境伯
【レベル】26
【ＨＰ】８００／８００
【魔力】１２００／１２００（３００）
【攻撃力】Ｄ－
【防御力】Ｅ＋
【敏捷性《びんしょう》】Ｄ＋
【知力】Ｂ－
【運】Ｄ－
【スキル】
中級火魔法
中級水魔法
魔力増幅（中）
詠唱速度上昇（中）

（おぉー!!）

レベルやステータスは凄いのか分からないが、魔法という文字に心が躍《おど》った。

そして、階級のところに目が留まった。

カールストン辺境伯？

辺境伯ってあれだよな。中世とかであった貴族の爵位だよな。

男爵とか伯爵？　くらいしか聞いたことないけど……まぁ貴族の家に生まれたってことは確かだな。そんなことより次だ次！

俺は早速、母親に目を移した。

【名前】リア・カールストン
【種族】人間
【性別】女
【職業】魔術師
【階級】カールストン辺境伯　妻
【レベル】15
【HP】５００／５００
【魔力】６６０／６６０（１１０）
【攻撃力】Ｅ＋

【防御力】E＋
【敏捷性】E＋
【知力】C＋
【運】D－
【スキル】
中級火魔法
初級風魔法
魔力増幅（小）
詠唱速度上昇（小）

（二人とも魔法を使えるのか！　こうなると俺の職業も、魔法使い系の可能性が高いな！）

俺が期待に胸を膨《ふく》らませていると、父親が語りかけてきた。

「いいか、お前の名前はアレクだ！　アレク・カールストン！　カールストン家の名に恥じない立派な男になるのだ！」

そう言いながら、俺の顔を睨《にら》むような目で見つめる。生まれたばかりの子供に対してそんなこと言っても無駄だと思うのだが。

俺は父親の期待に呆《あき》れながら、自身の名前に興奮していた。

(アレクっていうのが俺の名前かー。意外とかっこいいな)

「大丈夫ですわ貴方。きっとアレクも貴方のように立派な男性になるに違いません」

笑顔で父親に語りかける母親のリア。

出産の疲労もあるだろうが、やはり我が子は可愛いのだろう。額に汗を垂らしながら、俺を優しい目で見つめてくる。

(大丈夫ですお母さん！　立派な男に育ってみせます！　ですがその前に……)

俺は心の中で母に言った。

(よし！　自分の『鑑定』をしてみるか！)

俺は自分に向けて『鑑定』スキルを発動した。すると頭の中に文字が浮かび上がる。

それを見て、俺は驚愕《きょうがく》した。

(な、な、なんだよこれ！！！)

【名前】アレク・カールストン
【種族】人間
【性別】男
【職業】解体屋
【階級】カールストン辺境伯　次男

【レベル】1
【ＨＰ】50／50
【魔力】50／50
【攻撃力】Ｆ－
【防御力】Ｆ－
【敏捷性】Ｆ－
【知力】Ｆ－
【運】Ｃ＋
【スキル】
言語理解
収納
鑑定
【エクストラスキル】
解体レベル1

（スキルに魔法がないじゃないか!!）
俺は自分の『鑑定』結果に衝撃を受け、そのまま気を失うように眠ってしまった……。

■

「はぁ、ここにも書いてないか」

六歳になった俺は、屋敷の書斎の中で大きくため息をついた。

この世界『アルテウス』に転生してからもう六年。自分の『鑑定』結果に衝撃を受けたあの日が懐かしく感じる。

あの日から俺は前世の知識をフル活用し、自身の成長を早めてきた。

生後三か月で首を据わらせ、寝返りを完璧にする。

生後六か月で、つかまり立ちを成功させる。

生後九か月で、簡単な単語を発する。

生後一歳で、歩行及び会話を成立させる。

そして一歳を過ぎた頃、屋敷の中を探索してこの書斎を見つけたのだ。

書斎に籠《こ》もって本を読んでいた俺を見た両親は、初めは心配した素振りを見せていたものの、最近では「この子は天才だ！　賢者かもしれぬぞ！」と大喜びしていた。

「――これだけ探して見つからないってことは、俺のスキルに関する本は無いってことか？」

初めて自分を『鑑定』した時に目にしたスキルについて、俺はずっと調べてきた。

エクストラスキル欄にあった『解体レベル1』とはなんなのか。

使い方も分からなければ、どういったスキルなのかも分からない。

「そもそも、エクストラスキルの本が一冊も無かったしなぁ。これじゃあどうやって使えばいいのか分からん！

後輩のように、異世界転生の小説をたくさん読んでいたら、この状況を打破する術《すべ》を持っていたかもしれない。

だが如何《いかん》せん、前世で俺にそういう機会はなかった。もう少しそっち系の本を読んでおくべきだったと後悔している。

長年書斎に籠もって得た知識といえば、この世界の地理歴史や『職業』、そして通常のスキルのことくらいだった。

俺は本棚から一冊の本を取り出す。

「これなんかめちゃくちゃ派手だから、魔法についての本だと思ったのに、歴史の本なんだもん。嫌になっちゃうよ」

俺は嫌味を言いながらも、パラパラとページをめくり始めた。

この世界『アルテウス』は、フォルリット大陸と呼ばれる一つの大陸に「人間」「亜人」「魔族」が共存しており、それぞれ文明を築いている。

「亜人」とは、「猫人族」「犬人族」「狼人族」「狐人族」「虎人族」「エルフ」「ドワーフ」などの総称である。他にも多くの亜人が存在しているが、詳細は明らかになっていない。

「ゲームに出てきたような、獣耳の女の子とかが居るってことなんだよなぁ。モフモフしてみてぇー！」

俺は少しだけ鼻の穴を大きくした。別にやましいことを考えているわけではない。単純に愛《め》でてみたいのだ。

脱線しかけたが、話を戻そう。

フォルリット大陸には八つの国が存在する。

フェルデア王国。

ノスターク帝国。

聖アルテナ教国。

ベルデン魔法王国。

この四つの国は、住んでいる者の九割が人間であり、人間が国を治めている。ちなみに、今俺が住んでいる国がフェルデア王国だ。

「それで次は――」

ナリビア共和国。

ドワーフ王国。

アールヴ国。

この三国はそれぞれ亜人が治めている。人間の国とは友好的な関係でありながら、閉鎖的な体制のため、独自の文化が築かれていた。

「最後がこの国か……」

魔国。

魔族のみが暮らす国であり、この国を治める者は「魔王」と呼ばれる。

三百年前までは、他の七つの国と敵対し、絶えず戦争をしていた。しかし現在の魔王に代替わりしてからは、他国と停戦協定を結んでいる。

パラッとページをめくり、次のページに目を移す。

「それで、このモンスターっていうのが、人間や亜人、魔族にとっての敵ってことか」

モンスター。

この世界に生存する三種族にとって、共通の敵と言える。

魔物とも呼ばれ、知性を持たないものから人間と同レベルの知性を有するものまで多種多様。

これら有害なモンスターを討伐するのが冒険者で、彼らはギルドに所属し、依頼された任務を遂行することにより金銭や褒賞《ほうしょう》を手にする。

「確か、この屋敷の南にある森の奥にモンスターがいるから気をつけろって、父上が言ってたっけな」

低級なモンスターとは言っていたが、六歳の子供が遭遇して無事に帰れはしないだろう。ましてやスキルの使い方も分からないのだから。

魔法が使えたら、勝手に屋敷を抜け出してレベル上げなんてことも出来たかもしれない。

そうこうしていると、書斎の扉がガチャリと音を立てて開いた。

「やっぱりここか。探したぞ、アレク」

扉を開けて書斎に入ってきたのは、二歳年上の兄であるエリック・カールストンだった。

俺とは似ても似つかない茶色の髪と瞳という容姿で、父の血を色濃く引いているのが分かる。

少し怒ったような口調をしているが、これが兄さんのデフォルトだ。

「エリック兄さん。何か用事ですか？」

俺は自分の感情を表に出さぬよう、作り笑顔でエリック兄さんに返事をする。

その理由は、俺が初めてエリック兄さんを見た時から現在に至るまで、エリック兄さんに対して嫉妬《しっと》に似た感情を抱いているからである。

その理由がこれだ。

【名前】エリック・カールストン
【種族】人間
【性別】男
【職業】魔導士

【階級】カールストン辺境伯　長男
【レベル】1
【ＨＰ】50／50
【魔力】60／60
【攻撃力】Ｆ－
【防御力】Ｆ－
【敏捷性】Ｆ－
【知力】Ｆ
【運】Ｅ－
【スキル】
初級火魔法
初級風魔法

ステータスを見れば分かるであろう、俺がエリック兄さんを羨《うらや》ましがっている理由。

それは彼の職業が『魔導士』であり、なおかつ初級火魔法、初級風魔法のスキルを所持しているからである。

俺が望んでいるスキルを、エリック兄さんは二つも手にしているのだ。

まぁだからと言って、別に兄に何かをするわけではない。

兄が将来的に魔法を使えることを羨ましいとは思っているし、一つ分けてくれとも思っているが、それとこれとは別だ。

何と言っても、この世界『アルテウス』において、三人しかいないかけがえのない俺の家族なのだから。

俺がそんな感情を抱いているとは全く知らないエリック兄さんは、面倒くさいという感情を一切表に出さず、弟の面倒を見てくれる良い兄だった。

「父上から、お前を呼んできて欲しいと頼まれたのだ」

「父上が？　俺をですか？」

(何か悪いことしたか？　もしかして、職業が魔法職で無いことがバレたとか？)

「そうだ。この間、お前も六歳になっただろ？　だからお前も、カールストン家の一員として教育を受けることになる。そのことについての話だと思うぞ？」

エリック兄さんの言葉に、俺はホッと胸を撫で下ろした。

「教育って一体なんのですか？」

「俺も六歳の頃から、剣術、魔法、勉学のそれぞれの分野で家庭教師がついて、立派な貴族になるように教育されている。アレクにもきっと、その家庭教師がつくんじゃないか？」

エリック兄さんから教えて貰った俺は、少し後ろ向きな気持ちになってしまった。前世で学校は卒業しているのだが……まぁ貴族という立場上、納得せざるを得ない。

それに、この世界で生きていくためには、前世の知識は役に立たないかもしれないし、視野を広げる良い機会だ。

（家庭教師がついてくれるなら、魔法の勉強もこれまで以上にしっかり出来るようになるぞ！　もしかしたら、魔法が使えるようになるかもしれない！）

魔法については書斎の本で読んだものの、実際に発動出来るか試したことがなかった。もしかしたら簡単な魔法であれば、スキルがなくても使えるかもしれない。

「まぁとにかく、父上のところに行って話を聞かないと呼ばれた理由は分からないな。ほら、行くぞ」

エリック兄さんに急《せ》かされ、俺は書斎を後にした。


「――父上。アレクを連れてきました」

エリック兄さんが、大きな扉をノックした後にそう声をかける。

すると中から、父上の声が聞こえてきた。

「分かった。二人とも入れ」

許可がおりたので、エリック兄さんは扉を開けて中へ進んでいく。俺もその後に続いて父上の部屋に入った。

父上は机に向かって作業をしていたが、俺達の姿を確認すると、手を止めて話し始めた。

「アレクよ。お前も先日誕生日を迎え、ようやく六歳になったな」

「はい」

相変わらずこの人は、怒っているのかいないのか、区別がつかない。

どことなく前世の職場の上司に似た雰囲気を感じてしまう。自分の息子に向ける視線ではないだろう。

「エリックから聞いているかもしれないが、貴族の子が六歳を迎えたら、貴族としての振る舞いを学ぶことになっている。よって、お前には明日から家庭教師をつける。しっかりと勉学に励《はげ》むように。いいな？」

「分かりました」

先程エリック兄さんに聞いた通りの内容だったので、俺は二つ返事をして話を終わらせる。

しかし父上は続けて話し始めた。

「それと、もう一つ大事な話がある。来月の五日に、晴れてエリックが八歳を迎える。そこで、エリックと私とリアは、七月に王都の教会にて行われる『鑑定の儀』に出席する。アレクはその間、王都にある別邸で待っていることになるが、その翌日に行われるパーティーには参加して貰うぞ。いいな？」

そういえばそんな儀式もあったな、と記憶を辿《たど》る。

この世界では八歳になると、神様から職業が与えられて、スキルが発現すると信じられているのだ。本当は生まれた時から決まっているというのに。

どの世界にも信仰の厚い人間は居るが、前世と比べて神という存在が身近にあるためか、信心深い人が多いようだ。

横目でエリック兄さんをチラ見する。

きっと『鑑定の儀』が終われば、エリック兄さんは魔法をバンバン放つようになるのだろう。それを見なければいけないのが少し憂鬱《ゆううつ》だ。

そんなことを考えていると、エリック兄さんが父上に質問を始めた。

「父上、なぜ王都の教会で『鑑定の儀』を行うのでしょうか。我が領地内の教会でもよろしいのでは？」

（そうだよな。近くの教会で出来るなら、そこで受ければいい話だ。わざわざ王都に行く必要も無いだろう。まぁ俺はパーティーに出てくるご飯が楽しみだから、別に王都でも良いけど）

俺が豪華なご飯を頭の中で想像していると、父上がニヤッとした顔になった。

「お前達には言っていなかったな。教会ならどこでも良いというわけでは無いのだ」

「そうなのですか？」

「そうだ。本来であれば聖アルテナ教国に出向き、そこの教会で『鑑定の儀』を受けることが理想なのだ。なぜなら、アルテナ様こそが聖アルテナ教国を築きあげた、と言われているからだ。そこで『鑑定の儀』を受ければ素晴らしい職業を授けられる、と言われている。しかし、聖アルテナ教国に行くには費用もかかるからな。そう簡単には行けないのだ」

父上は少し残念そうにため息をこぼした。

「しかし幸いなことに、初代聖女様がお作りになられた御神体が、フェルデア王国の王都の教会に祀《まつ》られているのだ！　この意味が分かるか？」

「つまり王都の教会でも、聖アルテナ教国の教会と同様の職業を授かれる、ということですか？」

エリック兄さんが、閃《ひらめ》いたという顔で返事をした。

父上はその通りだ、と頷いている。所謂パワースポットだろうか。

ただ、俺は既に『鑑定』スキルによって、エリック兄さんの職業を知っているため、どこで受けても結果は一緒であることを知っていた。

「アレクも二年後には、王都で『鑑定の儀』を受けるのだから、そのつもりでいろ」

俺が『鑑定の儀』を受ける場所も、この瞬間に確定した。

まぁもしアルテナに会えたら、文句の一つでも言ってやらなきゃ腹の虫が治まらないな。聖アルテナ教国に出向いた方が会えるかもしれないけど。

「これで話は終わりだ。アレクは明日から勉強に励むように。エリックは七月に向けて、パーティーでの振る舞いについてしっかり学ぶのだぞ？　お前には、公爵家の令嬢と関係を作って貰わねば困るからな」

俺はエリック兄さんに難題を押してつけている父上を尻目に、部屋を後にする。

「パーティーかー。どんな飯が出てくるんだろうなぁ」

俺はパーティーに出てくるご飯について妄想を膨らませながら、書斎に向かった。

■

「『灯火《トーチ》』！」

庭で一人叫んでいる人間がいる。

そう俺だ。

父上に、家庭教師をつける話をされてから二週間が経過した。

現在俺についている家庭教師は、剣術と魔法の家庭教師だけである。なぜかというと、答えは単純で、勉学に関してはもう学ぶことが無かったからだ。

家庭教師が来てから、一度テストを受けたのだが、結果があまりにも良かったために、勉学については家庭教師をつけるのをやめた。

前世では小学生が学ぶような計算問題と、既に読了した『アルテウス』の歴史。六歳までの五年間、書斎に籠もっていた俺にとっては、どちらも簡単だった。

十歳になったらもう一度確認すると父上は言っていたが、そこでのテストに合格すれば問題はないということだろう。

そのため、空《あ》いた時間にも剣術と魔法の家庭教師に来て貰い、教育を受けている。

結果、本では知れなかった知識を得ることが出来た。

まず剣術に関してだ。

剣術にも魔法と同じようにスキルが存在する。

剣術のスキルがどのような影響を及ぼすのかと言うと、ただ単に剣筋が良くなったり剣技を習得したりするだけでなく、体力の消費も軽減されるらしい。

さらには威力を高めたり、鋭さを増したりする効果もある。また、上級剣術を習得すると、通常じゃ考えられない剣技を出せるそうだ。

そして驚いたことに、剣術スキルを持っていなくても、努力次第である程度まで成長する。

勿論、スキルを習得することは出来ないが、剣を振り続けていれば体力はつくし、剣の振り方も上達するということである。

剣術の家庭教師は「いざという時、魔法が使えなくなった場合、頼れるのは自分が築き上げた体です。そのために、スキルを持っていなくても、剣術を学んでおくことは大事なのです」と言っていた。だから俺は、剣術の授業も必死になって取り組んでいる。

そして待望の魔法に関してだが、こちらも大きな収穫があった。

実は、誰でも魔法は使える、というのだ。

両親やエリック兄さんが所持していた、初級、中級の魔法スキルは、使用出来る魔法の種類を増やしたり、魔法使用時の魔力の負担を軽減したりする効果に過ぎない。

単純に魔法で火をつける程度であれば、スキルは必要がないらしい。

こういった魔法のことを生活魔法といい、練習すれば誰にでも使えるみたいだ。

この話を聞いて、少しだけ希望が湧いた。

半ば諦めていた魔法を使うことが出来る。

そう知ってから、俺は時間を見つけては魔法の特訓をするようになったのだ。

「『灯火《トーチ》』！」

指先に微《かす》かな火を灯す魔法。

何度この言葉を言ったか分からないが、俺の指先に火が灯ることは無かった。悲しくなってくるが、ある疑問が俺の頭をよぎった。

「エリック兄さんは何で魔法の練習をしないんだ？　スキルがあるなら簡単に出来るはずなのに」

生活魔法が誰でも使えることは、エリック兄さんも知っているだろう。魔法の上達などの観点から考えれば、練習しておくに越したことはないと思うのだが。

そんな疑問を抱いていると、タイミング良くエリック兄さんがやってきた。

「一体何をやっているんだ？　アレク」

エリック兄さんに聞かれて俺は答える。

「魔法の練習ですよ。生活魔法なら誰にも使えるって先生が言ってましたから」

するとエリック兄さんは大声で笑い、俺を馬鹿にするかのようにこう言った。

「我が指先に灯せ『灯火《トーチ》』。これのことか？」

エリック兄さんの指先でユラユラと燃える火を見て、俺は驚く。

「何で使えるんですか！　どんな練習したんですか？」

「練習？　おいおい。生活魔法を使うのに練習なんかいるか！　こんなのすぐ使えたぞ」

エリック兄さんは寧《むし》ろ、俺が生活魔法を使えていないことに驚いていた。

彼にとっては凄く簡単なことだったのだろう。俺がこんなに必死になって練習しているというのに。

「まぁアレクは教育が始まったばかりだからな。そのうち使えるようになるさ」

エリック兄さんは鼻で笑い、俺に背中を向けて去っていく。

「エリックの野郎、許すまじ」

俺は誰にも聞こえないよう、小さな声で呟いた。

■

ガタンゴトン、ガタンゴトン。

（割と尻が痛いな。最初は良かったけど）

現在、俺を含めたカールストン家一行は、馬車で王都に向かっている最中である。

明日、王都にある教会で行われる『鑑定の儀』に、エリック兄さんが参加するためだ。

俺は軽いピクニック気分で参加しているのだが、俺以外の三人は無言で、神妙な顔をしている。

まぁ大体想像はつく。エリック兄さんの職業が魔法職で無かった場合、俺に賭《か》けるしかないからだ。

カールストン家は辺境伯であり、家督を継ぐのは、魔法の使える優秀な男児である必要があった。

三人目を授かるといった手段もあるが、女の子が生まれる可能性もある。

まぁ俺は『鑑定』スキルで全部知っているから、全くもって緊張などしていないが。

「エリック、分かっているな？　カールストン家の長男として『魔導士』、最低でも『魔術師』の職になるのだぞ！」

「分かっております、父上！」

父上の激励に、力強く返事をするエリック兄さん。

そんなこと言っても変わらないだろ、とは俺も突っ込まない。

「エリックなら大丈夫ですわ。きっと魔導士のはずです」

母上もエリック兄さんの緊張をほぐすかのように、優しく声をかける。

そしてまた皆が無言になり、重い空気が続く。

カールストン家の領地から王都に行くには、それなりに日数がかかる。三つの街を経由して、一週間程馬車に揺られなければならないのだ。

各街に宿はあったものの、どこもそれなりの質で風呂などは無い。

その結果、不安とイライラで三人は押し潰されそうなのだろう。

俺はそんな三人を尻目に、ぼんやりと窓から外を眺めていた。

前世と比べると道の整備は甘いし、飯も味気ないものが多い。それに何と言っても娯楽がない。

(こんな時、トランプでもあれば時間を潰せるのに。まぁ家族でトランプなんて、前世でも数える程しかしたことないけど)

俺がこの世界に不満をぶちまけていると馬車が停まった。

前方を見ると大きな門が目に入った。門の前には衛兵のような格好をした人が二人立っている。

その衛兵が、俺達を護衛していた冒険者に声をかけた。

「身分証明書の提示を」

「はい。ステータスカードです」

護衛がステータスカードなる物を提示している。俺はもの凄く興味が湧いたが、静かにしておいた。

「よし。確認出来たぞ。王都へはなんの用事で来たのだ?」

「カールストン家の皆様の護衛で来ました」

冒険者が答えると、衛兵が急いで姿勢を正す。

「カールストン家の皆様の護衛依頼でしたか！　失礼ながら、当主様に王都訪問の用件を確認させて頂きます！」

そう言って、衛兵が馬車の横まで歩いてきた。

「失礼いたします！　カールストン家御当主様でお間違いありませんでしょうか？」

父上が馬車の窓を開けて衛兵の顔を確認し、何かを唱え始めた。

すると胸元が光り、先程護衛が提示していた、カードのような物が出現する。

「私がダグラス・カールストンだ。王都には、息子のエリックが『鑑定の儀』に参加するために来訪した。これでよいか？」

父上が答えながらカードを見せると、衛兵は背筋を伸ばして、大きな声で返事をした。

「そうでしたか！　『鑑定の儀』への御参加！　心からお祝い申し上げます！」

そして衛兵は、元いた位置に走って戻っていった。

「今のがステータスカードですか？　父上」

エリック兄さんが問いかける。

「そうだ。お前も明日の『鑑定の儀』で、主神アルテナ様から頂戴《ちょうだい》するのだ。そうすればお前の職業もはっきりするだろう」

そう父上が答えると、再び馬車が前へと進み始めた。

（ようやく王都か。早く尻を休めたいよ）

俺はとにかく、馬車から降りる瞬間を心待ちにしていた。

翌日、エリック兄さんの『鑑定の儀』は無事に終わった。

俺は儀式が終わるまで、別邸でダラダラと過ごしていた。

本当は王都を散策してみたかったのだが、父上にやめろと言われたため、我慢して屋敷に籠もっていたのだ。

そして儀式から帰ってきた三人は俺の予想通り、終始上機嫌で会話をしていた。

夕食時に、父上から俺にも報告があった。

いつもなら食事が運ばれると、父上から食事を始めるのだが、今日は全員の分が揃うまで、誰も手をつけることは無かった。

「アレクよ。今日の『鑑定の儀』の結果、エリックが『魔導士』であることが分かった」

そう言うと父上は黙りこみ、穏やかな表情で、俺の顔をじっと見つめてきた。

こんな表情、一度も見たことが無い。それだけ兄さんの職業が『魔導士』だったことが嬉しいのだろう。

（何か言って欲しいのか？　まぁこの場合……これが正解だよな）

俺は前世の接待を思い出しながら、間違いが無いように返答する。

「本当ですか！　おめでとうございます！　これで我がカールストン家も安泰ですね！」

盛大な笑みを浮かべて答えると、父上はこれまた、今まで見せたことがないような満面の笑みで頷いた。

兄さんも母上も、王都に向かう途中の馬車の中で見せていた表情とは対極だ。別人と言っても過言ではない。

「うむ！　次男のお前には、あまり喜ばしいことではないだろうがな！　まぁお前の職業が『魔導士』であれば、家督をどちらに譲るか分からぬ！　エリックもアレクも、どちらも気を緩ませぬように！」

「「はい父上」」

そう返事をしたが、俺は跡取りなどになる気は毛頭なく、自由気ままな人生を送りたいと願っている。

折角ファンタジーの世界に転生出来たのだ。色んな国や土地を旅してみたい。誰かに縛られる人生を歩む気はないのだ。

そんな気持ちを知らないエリック兄さんは、家督を奪われまいと、俺を睨んでいた。

そして翌日、身支度《みじたく》を済ませた俺は、早くパーティーに出席して豪華なご飯を食べることだけ考えていた。

エリック兄さんは礼儀作法と、ご機嫌取りの相手の再確認を父上と行っていた。

「いいかエリック。お前は『魔導士』の職を得たのだ。半端な職業の者と関係を築いてはならんぞ！　少なくとも『魔術師』、『剣士』以上の者とではないとな」

「分かっております。カールストン家に相応《ふさわ》しい者とのみ、ですよね」

「さぁ準備が出来たなら行くぞ」

二人の会話が終わり、全員で馬車へ向かった。

(この世界は、職業での差別意識が強いな。他の貴族がどの程度かは分からないけど。ほんと嫌になるな)

前世でも、俺が学生の時は勿論、社会人になってからも、差別や虐《いじ》めを見てきた。

やれ貧乏だとか、やれ汚い服を着ているだとか、そうやって人の悪いところばかり見て、良いところを見ようとしない。

実際、前世の俺の仕事は服がかなり汚れるものだった。そのせいで、道を歩く人からは嫌な顔をされたもんだ。時には鼻をつままれたこともあったな。

(この世界も元の世界も、人間の根底は変わらないんだな)

嫌な気分のまま馬車に乗り、王城へと向かう。

その間も父上とエリック兄さん、そこに母上が加わり、会話が盛り上がっている。

俺は無視を決め込み、王城に着くまで外を眺めていた。

王家主催のパーティーは、俺が予想していたよりも、かなり厳重な警備の中で行われた。

王都に入る時のように、父上のステータスカードを確認して、証明書が無い俺のような者の場合、代表者が責任を持つという証書を提示することで、会場への入場が許された。

流石《さすが》は貴族が一斉に集《つど》うパーティーである。

会場へ入場すると、父上はすぐさま、俺とエリック兄さんに声をかけてきた。

「少ししたら陛下が来られる。それまでは私の側に居ろ」

俺達二人は言われた通り、父上の側に居た。

「父上。他の貴族の方への挨拶《あいさつ》はよろしいのですか？」

「馬鹿者。何をおいても、まずは陛下にご挨拶するのが礼儀だ。なにせ王家主催のパーティーなのだからな」

父上に怒られ、少ししょげるエリック兄さん。エリック兄さんが怒られるところを初めて見た。

談笑している貴族もちらほらいるが、父上はそうではないらしい。

それから十分程すると、階段の前に一人の男が現れた。

「アルバート・ラドフォード陛下がお見えになられます」

男がその一言を発した途端、騒がしかった会場が一瞬で静かになる。

そして階段の上から、派手な服を着て、頭に王冠を載せた陛下がゆっくりと下りてきた。

その後ろには俺ぐらいの年の女の子がいて、陛下の裾を引っ張りながら、転ばないようゆっくりとついてきている。

二人が階段を下り終えると、会場に居た人々は皆、頭を下げて片膝をついた。

俺と兄さんも慌てて、大人達の真似《まね》をして頭を下げた。

「みなのもの楽にしてよい」

男性の一声で皆が姿勢を元に戻す。

「今宵《こよい》はよく集まってくれたな。昨日の『鑑定の儀』、無事に終えたことを心から喜ばしく思う。今日は羽を休め、楽しんでいくとよい」

そう言うと全員が拍手で応《こた》え、お決まりの流れが終了する。

そして会場が騒がしさを取り戻した。

「さぁ陛下のところへ行くぞ。二人ともよいな」

俺達は父上の後に続き、陛下のところへと歩いていく。

だが既に、陛下の前には挨拶をしようとする人の行列が出来ており、俺達は並んで待つことになった。

待つ間、俺はパーティー会場を観察していた。

前世では見たことがない豪華なシャンデリアに、美味《おい》しそうな数々の料理。改めて異世界に転生したことを実感する。

前世にもこういう場所は存在していたかもしれないが、俺には行く機会がなかったからな。

十分程経っただろうか。ようやく俺達の順番が回ってきた。

「陛下。この度の宴《うたげ》へのご招待、誠にありがとうございます」

父上が陛下に向かって頭を下げる。

我が家では傲慢《ごうまん》に見える父も、社交場では正しい振る舞いをすることを、初めて知った。

「おお、ダグラスか！　卿《けい》の息子の『鑑定の儀』の結果は聞いている。『魔導士』だったそうじゃな。よかったではないか」

「は！　これで今後も、カールストン家の役目は無事に果たしていけるかと。エリック！」

「は、はい！　エリック・カールストンと申します！　こ、この度は誠にありがとうございます。今後は父上と共に、カールストン家の役目を果たして参ります！」

「うむ。よろしく頼むぞ」

アルバート陛下はニコリと微笑《ほほえ》み、エリックへと言葉を返した。

その間も、ずっと陛下の裾をつまんでいる女の子に、俺は強い印象を受けた。銀色の髪に紅い瞳という、お人形のような女の子だ。

「それでは陛下。後がつかえておりますので」

「そうだな。今後も頼んだぞ」

「は！」

父上が頭を下げた後、俺達はその場を後にした。

だが気を緩めることは出来ず、父上は次のところへと歩き出している。

俺も兄さんも急ぎ足でついていく。

「さぁ次だ。次はラドフォード公のところへ行くぞ」

ラドフォード公とは、陛下の弟、エドワード・ラドフォード公爵のことである。勿論だが貴族の中で一番偉い。

ラドフォード公のもとへ向かい、また列に並んで順番を待つ。

同じくらいの時間待って、ようやく順番が回ってきた。

ラドフォード公は陛下よりもかなり若く見える。

驚いたことに、アルバート陛下の時と同じように、ラドフォード公の裾を掴んで離さない女の子が居た。

ただしちょっと目つきが鋭く、俺を睨みつけているように見える。

(何この子。めちゃくちゃ怖いんですけど。俺何かした？)

冷や汗を掻きながら女の子に注目していると、父上に名前を呼ばれた。

「アレク！　挨拶しなさい」

「あ、はい。アレク・カールストンと申します。よろしくお願いいたします」

「気にしなくてもいい。それより君は、六歳になったばかりなのかね？」

「はい。五月に六歳になったばかりでございます」

なんでそんなことを聞くのか不思議に思っていると、ラドフォード公が、隣に立っていた女の子の背中を押した。

「この娘も、四月に六歳になったばかりでね。仲良くして貰えるとありがたい。アリス、挨拶しなさい」

「アリス・ラドフォードと申します。よろしければ私と仲良くして頂けますか、アレク様」

ニコッと笑い俺に挨拶してきた彼女は、美しくもあり、心の奥を見透かされているような怖さがあった。

「アレク様は五月で六歳になったのですよね？」

アリス様に再確認された俺は、改めて答える。

「はい。五月の五日に六歳になりました」

俺が答えると、アリス様はニマァと笑った。なにか変なことを企《たくら》んでいそうな顔だ。

「お父様！　私、アレク様と少しお話しして参りますわ！」

アリス様がいきなりそんなことを言い出した。

「おお、そうか！　あまりはしゃぎ過ぎるんじゃないぞ！」

ラドフォード公はアリス様のお願いをすんなりと了承した。普通、自分の娘が男の子と話したいなんて言い出したら止めるもんじゃないか？

まぁまだ六歳の子供同士だし、友達にしか見えないか。

俺も父上に同伴するのは飽きてきたし、アリス様と一緒に豪華な食事にありつくとするか。

横目で父上の表情を確認すると、「上手くやれ！」と言った目で俺を見ていた。

「それでは行って参りますわ。アレク様、あちらに美味しそうな料理がありましたの。一緒に行きましょう？」

そう言って歩き出してしまうアリス様。

俺は彼女について行き、料理が載っているテーブルへ目を向ける。

しかしテーブルの少し手前でアリス様の歩みが止まり、俺の方に振り向いてきた。

「さっきの話だけど、貴方は私より生まれが遅い。そうよね？」

急に話しかけてきたと思ったら、さっきよりちょっと口調が崩れてないか？

まぁ、アリス様が俺よりも先に生まれたのは確かだ。

「そうですけど、それがどうかしましたか？」

俺の返事を聞いたアリス様は、悪戯《いたずら》を思いついた子供のように口端を上げた。

そして俺の顔を指差し、とんでもないことを言い放ってきたのだ。

「じゃあ私の方がお姉さんね！　私の言うことは何でも聞きなさい！　いいわね！」

ラドフォード公のところにいた時とは、態度も口調も違う。素はきっとこちらなのだろう。

まぁアリス様は公爵家のご令嬢で、俺は辺境伯家の次男だからな。

今のうちからゴマスリしといた方が、カールストン家にとっては都合が良いだろう。彼女に嫌われるのは避けなければならない。

「分かりました、アリス様。何をすればよろしいのでしょうか？」

俺が間髪容《かんはつい》れずに答えると、アリス様は虚《きょ》を衝《つ》かれたような顔になった。

まさか承諾されるとは思っていなかったのだろう。

俺の顔を差していた彼女の指が、ゆっくりと下がっていく。

大人しくなってくれるか、という淡い期待を抱いたが、どうやら無駄だったようで、言葉を詰まらせながら、彼女は再び命令をしてきた。

「じゃ、じゃあ食事を取ってきてくれるかしら！　とびっきり美味しいのを頼むわよ！」

「畏《かしこ》まりました。少しお待ちください」

俺は彼女に言われた通り、食事を取りにテーブルへ向かった。

それから、「面白い話をしなさい！」「飲み物を持ってきなさい！」「美味しそうなものを持ってきなさい！」の三つを、繰り返し命令された。

そして、四回目の飲み物を取りに行って戻った時、アリス様が三人の男の子に話しかけられていた。アリス様は凄く嫌そうな顔をしているのに、彼らはそれに気づかないのか、必死になって会話を続ける。

「あぁアリス様、本日もとてもお美しい！　やはり気品溢れるアリス様には、赤色のドレスが似合います！　さぁどうです？　このヴァルトと、向こうのテラスで夜風にでも当たりませんか？」

三人のうちの一人、ポッチャリ君がアリス様に言った。

まだ太陽が沈んでもいないのに夜風とは、貴族の口説《くど》き文句はよく分からないな。

アリス様は差し出された彼の手を取る様子はない。

（顔だけ見れば、アリス様は綺麗だからな。顔だけな。性格は難ありだし体は……まぁ今後に期待って感じか）

俺がポッチャリ君の後ろに立って待っているのが分かったのか、アリス様は彼の口説きを無視して俺を呼ぶ。

「遅いわよ、アレク！　どれだけ私を待たせるつもり？　貴方が待たせるから、変な虫が寄ってきたじゃない！」

（おい、変な虫とか言うなよ！　ぽっちゃり君がめちゃくちゃショック受けてるぞ！　それに、取り巻き達が俺を睨んでるじゃないか!!）

心の中で文句を言いながら、リンゴに似た果物のジュースをアリス様に渡す。

「すみません。少々混雑していたため遅くなりました。こちらアッポウのジュースになります」

すると、ぽっちゃり君と取り巻き二人が、俺に向かって怒ってきた。

「おい貴様！　召使いの分際で、私とアリス様の会話を遮《さえぎ》るとは、許さんぞ！」

「そうだ！　ヴァルト様とアリス様は、これからあちらのテラスで良い雰囲気になる予定だったのだ！」

「そうだぞ！　ヴァルト様の口説き文句で落とせない女性なんて居ないんだからな！」

取り巻きに褒《ほ》められたヴァルト君は少し上機嫌になる。

落とせない女性が居ないとか、どう見ても君達、俺と同年代だよね？　その年で何人もの女性に手を出している方が引くんですけれど。

俺が彼らの言い分に若干呆れていると、俺の代わりにアリス様が反論した。

「あら？　アレクは召使いなんかじゃないわ？　カールストン家の次男よ。貴方達こそ、そんな言葉遣いで大丈夫なのかしら？」

アリス様の言葉を聞いた途端、取り巻き二人は「ヤバい！」という顔をして、後ずさりをする。

しかし先頭に立っていたヴァルト君はというと、表情を変えることなく続けた。

「ほぉー、君はカールストン家の次男だったのか！　私はバッカス侯爵家の長男！　ヴァルト・バッカスだ！　まぁ君とは、家の格は一緒かもしれないが、長男である私の方が偉いぞ！」

ヴァルト君はそう自己紹介をしながら胸を張る。

その動作によって、豊かに実ったお腹がぶるんと音を立てて揺れた。

俺は思わず、その可愛さにクスリと笑ってしまう。

「な、なにがおかしい！　私を馬鹿にしているのか！」

俺が噴き出したのを見て、ヴァルト君は怒り始めた。

「そんなことはありません。あまりにも素敵なお名前でしたので、感動してしまいまして」

俺が笑いを堪《こら》えながらそう言うと、ヴァルト君の機嫌はすぐに治った。

ちょっとこの子はバカなのかもしれない、と俺が思っていると――

「そんなつまらない話していないで、どっか行きなさいよ。アレクもそんなやつ相手にしてないで、面白い話の続きを話してよ」

アリス様がそう言い出したから大変だ。流石のヴァルト君も、アリス様の言葉には黙っていられなかったようで、顔を真っ赤にしている。

「こ、公爵家ご令嬢でも、今の言葉は許せませんぞ！　父上に伝えさせて頂きますから！」

そう言ってヴァルト君と取り巻き二人は、俺達のもとから離れて行った。

俺も、公爵家ご令嬢でも言い過ぎだと思う。まぁアリス様のことだし、どう思われようと気にしないのか。

ヴァルト君が人混みへ消えて行くのを見送った後、アリス様に視線を戻すと、彼女は瞳を少し潤ませ、唇を噛みしめうつむいていた。

「またやっちゃった……」

「アリス様？　どうしました？」

明らかに様子が変だったので声をかけると、アリス様は一瞬体をビクッとさせたが、先程までと変わらない態度で返事をした。

「何でもないわ！　それより食べ物はどうしたのよ！　全然足《た》りないわよ！　取ってきなさい！」

仕方なく、俺は再び食べ物を取りに行く。

しかし、食べ物を持って帰ってくると、アリス様はまた暗い顔をしていた。

「アリス様。どうされました？　何かあったのですか？」

そう聞くと、アリス様がポツリと言った。

「どうせアレクも、私のこと嫌だと思ってるんでしょ……」

「え？　別に嫌だなんて思っていませんが？」

「嘘よ！　あれだけ沢山無理やり命令したのよ！　嫌いになったに決まってるわ！」

俺からしたら、六歳の可愛い子供が、駄々をこねてお願いをしてくるようなものだ。

俺は子供が好きだし、甘えて貰えるのは嬉しい。

だから嫌いになんかなってはいない。

「よく分かりませんが、私はアリス様のこと嫌いじゃないですよ？　可愛いじゃないですか」

俺は本心で思っていたことを伝える。

するとアリス様は、驚いた顔で見つめてきた。

「う、うそよ。だって私……アレクに色々やらせてたじゃない」

「まぁ確かに、一月《ひとつき》先に生まれただけで、私の言うこと全部聞きなさい！　と言うのはどうかと思いますが。それでも私の話で笑ってくれて、飲み物を持ってきた私にしっかりお礼を言ってくださる貴方は、素敵な女性だと思いますよ？」

会話を進めていくうちに、アリス様の表情がどんどん変わっていく。

怯《おび》えた様子だったのが、「嫌いじゃない」と言われたところで目を見開き、「素敵な女性」と言われたところで、頬を赤く染めた。

「ほ、ほんとに、私のこと素敵だと思う？」

「えぇ。本当ですよ」

「じゃ、じゃあ、私と……」

「はい？　私と、何ですか？」

アリス様は大きく深呼吸をし、気持ちを落ち着かせ、俺の目を真っ直ぐ見つめてこう言った。

「私とお友達になってくれるかしら!!」

「アリス様がよろしければ。喜んで」

そんなことならと、すぐに了承した。

俺の返事を聞いたアリス様は、その場で小さくジャンプし、「やったー！」と喜んでいた。

友達になってくれなんて、小学生の頃に聞いた以来かな？　全く懐かしいものだ。

やがてパーティーはお開きの時刻となり、俺はアリス様に別れの挨拶をする。

「アリス様」

「アリスでいいわ！　だって私達、と、友達でしょ？」

「ですがそれでは」

「公《おおやけ》の場では、今まで通りでいいわ！　でもそうでない時はアリスって呼んで欲しいの！　勿論敬語も無しよ！　ダメかしら？」

瞳を潤ませ、俺の裾を掴みながら懇願《こんがん》してくるアリス様。

まぁ二人の間だけならいいか。可愛い六歳児からのお願いだ。聞いてあげよう。

「分かったよ、アリス。これでいい？」

「うん！　また会えるのを楽しみにしてるからね、アレク！」

そう言葉を交わし、俺達はお互い帰路についた。

■

二年後——。

「本日はお招き頂き、誠にありがとうございます」

父上がアリスの父親、エドワード・ラドフォード公に挨拶をする。

今日はアリスの八歳の誕生日。

俺は父上と一緒に、プレゼントを持って、王都で開かれるパーティーに来た。

初めて会った日から、俺は王都周辺でパーティーが行われる度に、父上に連れられて参加しなければならなくなった。

アリスがラドフォード公に、「友達が出来たの！」と大喜びで話したせいである。

ラドフォード公は、娘がこんなに喜ぶ姿を初めて見たのか、俺とアリスを何とかして会わせてあげようと、父上に手紙を出したらしい。

その結果、父上はエリック兄さんよりも俺の方が、公爵家と関係を結ぶのに適任だと思ったのだろう。俺と二人でパーティーに参加する機会が増えた。

俺はその度にエリック兄さんに睨まれるので、あまり良い出来事ではなかった。

それでも俺と一緒に大喜びで歩き回るアリスを見ると、仕方ないという気持ちにもなる。

転生して初めて出来た友達だ。大事にしないといけない。

俺が父上の隣でラドフォード公に頭を下げていると、突然左腕が引っ張られる。

「アレク久しぶり！　会いたかったわ！　ずっと待ってたのよ！」

「アリス様、お久しぶりです。八歳のお誕生日、おめでとうございます」

「ありがとう！　ねぇお父様、アレクと食事に行ってきてもいいでしょう？」

「本当はダメなんだが……仕方ない。こっちは何とかしておくから楽しんできなさい」

「お父様ありがとう！　さぁアレク、早く行きましょ！」

俺はラドフォード公に会釈《えしゃく》をして、その場を後にした。

アリスの誕生日パーティーだというのに、当の本人があそこに居ないのは問題な気がするが……。

やはりラドフォード公は娘に甘い人だな。初めて会ったパーティーでもこんな感じだった気がする。

俺とアリスは手を繋ぎながら、食事が並んでいるテーブルへ歩いていく。

この二年間で俺達は大分仲良しになった。

事あるごとにパーティーに呼ばれていればそうなるのも必然かもしれない。

まぁ仲良くなったのは二人だけではなく、三人なのだが。

「ここにいたのですね、アリス様！　お誕生日おめでとうございます！　アレクも久しぶりだな！」

大きな声で声をかけてきたのは、二年前のパーティーでアリスにちょっかいをかけていたヴァルト・バッカスだ。

あの時以降、なぜか意気投合してしまい、今ではお互い呼び捨てになっている。

アリスもヴァルトとうまくやれているみたいだ。

「ありがとうヴァルト！」

「久しぶりだなヴァルト。少しは痩《や》せたか？」

三人が集まると、ここはパーティー会場だというのに、周りの人が気にならなくなる。凄く居心地のいい空間だ。

「アリス様、こちらお祝いの品でございます！」

ヴァルトは胸ポケットから取り出した小さな小包を、アリスに渡した。

「あ、ありがとう！　開けてもいいかしら？」

「勿論！」

アリスはすぐに中身を確認する。中には綺麗な刺しゅうが施されたハンカチが入っていた。

「うわぁ綺麗なハンカチ！　ありがとうヴァルト！」

「いえいえ！　喜んで頂けて、私も幸せです！」

ヴァルトは頬を赤く染め、照れているのを隠すように頬を掻く。

アリスはそのハンカチを大事そうに両手で包み、再び小包へとしまった。そしてなぜか、急にもじもじし始める。なんだ？　トイレか？

俺がそんなことを考えていると、ヴァルトが右肘で俺のことを小突きながら咳払《せきばら》いをした。

あぁ、次は俺の番てことか。

俺は少し恥ずかしくなりながら、胸ポケットから小さな箱を取り出す。

「アリス、八歳の誕生日おめでとう！　女の子にプレゼントする機会なんて滅多にないから、何を渡したら良いか分からなかったけど。アリスに似合うと思って……」

そう言って、アリスに小箱を手渡す。

アリスは顔をパアッと明るくして、小さく飛び跳ねた。

「ありがとうアレク！　ねぇ、今開けてもいいかしら？」

そして、返事も聞かずに箱を開け始める。

箱の中身を見たアリスは、頬を赤く染めて満面の笑みを作った。彼女の口から言葉が漏れる。

「……綺麗」

「アリスの髪に似合うと思ってさ。高価なものではないけど」

俺がアリスに渡したのは、白い花の飾りがついた髪留め。

けして高いものではないが、アリスのために、真剣に悩んで選んだものだ。

「ううん。高価じゃなくたっていい！　アレクが……私のために選んでくれたなら！　どんなものだって嬉しいわよ！　本当にありがとう！」

「喜んで貰えて良かった。また来年も何か贈るから、期待せずに待っといてくれ」

「絶対よ！　私が死ぬまで、毎年プレゼントを贈りなさいよね!!　その代わり……私も死ぬまでアレクにプレゼントを贈るから……！　なんてったって……友達だもの」

「ははは！　分かったよ。アリスが死ぬまでプレゼントを贈る！　約束するよ！」

俺とアリスは照れくさく笑い合いながら、来年の約束をする。

この関係に、どんな未来が待っているのか希望を膨らませながら。

■

「いよいよ明日かー」

誕生日を迎えた俺は八歳になり、二時間後に『鑑定の儀』が迫っていた。

俺は現在、王都にあるカールストン家別邸にいる。

エリック兄さんは来ていない。二年前からエリック兄さんとは顔を合わせる機会が減ってしまった。

父上としては『魔導士』である兄さんよりも、職業が未確定ながらも、ラドフォード公と縁を結べる確率の高い俺に期待したいのだろう。

俺が『鑑定の儀』に参加するための準備をしていると、父上が声をかけてきた。

「アレク、いいな。お前は『魔術師』の職業ではダメなのだ！　『魔導士』にならねばならぬ！　『魔導士』になりアリス嬢を娶《めと》り、カールストン家の地位をより確実なものにしなければならないのだ！　よいな！」

父上はとにかく、カールストン家の地位をもっと上げたいらしい。

そのためには、俺が『魔導士』の職業を得ることが一番の近道だと思っているのだろう。

この国では、辺境伯という地位は、公爵家に次ぐものである。パーティーに参加すれば、殆どの貴族が父上のもとに挨拶に来て、ご機嫌取りをしていく。

それ程の階級でありながら、父上は満足出来ていないらしい。

「分かりました。お任せください」

数年前のエリック兄さんのように、力強く返事をする。

しかし、父上には申し訳ないが、その願いは絶対に叶《かな》えることが出来ない。

俺の職業は既に『解体屋』と決まっているのだ。

どんなに頭を下げようが、これを変えることは出来ない。

「お任せください」とか言ってるけど絶対に無理なのだ。本当に申し訳ない。

準備が終わり、俺と両親は教会へと向かう。相変わらず馬車の乗り心地はイマイチだが、道が舗装されている分マシだった。

「そういえば父上。今日は、アリス様はいらっしゃるのですか？　公爵家のご令嬢ともなると、やはり別室で行われるのでしょうか？」

『鑑定の儀』は貴族だけでなく、王都に住んでいる子供達も参加する。誰が来るかも分からない場所に、公爵家のご令嬢が同席するとは思えなかった。

そんな俺の質問に、父上は頷きながら答える。

「そうだ。アリス様とユウナ様の『鑑定の儀』は、別時刻に行われる。詳細は我々にも知らされておらぬがな」

別時刻ってことは、俺と顔を合わせることは無いのか。あと、ユウナ様って誰だ？

尋ねようとしたが、その前に教会に着いてしまった。

教会の外観からは、神秘的な雰囲気が感じられた。

既に人だかりが出来ている。

中に入ると、一番目立つところに、かつて会ったアルテナ本人より、胸が少し大きめに作られた像があった。

御神体の前には多くの子供が待機しており、俺もそれにならい、父上達と離れ待機列に並ぶ。

しばらくして定刻になったのか、はたまた人数が揃ったのか、入り口の扉が閉まり、奥から神父様が現れた。

「敬愛なるアルテナ教信徒の皆様。本日はアルテナ様より皆様に新しい光を頂戴いたします。主《しゅ》に感謝し、自らの力を正しきことに振るうことを、ここに誓いなさい」

神父様は金色に輝く棒を構え、子供一人ずつの前に立ち、小声で何かを唱える。

唱え終わると子供の体が少し光り、胸の辺りからステータスカードが出てきた。

カードを持った子供はそのまま列から離れ、親元へと走っていく。

どうやらステータスカードを手に入れれば儀式は終わりらしい。自分のステータスは他人に公表する必要が無いようだ。

よく見ると、次に並んでいたのはヴァルトだった。

初めて会った時はただのぽっちゃり君だったヴァルトの前に神父様が立ち、何かを唱える。

自分の胸から出てきたカードを見て、ヴァルトは大きな声で言った。

「父上！　やりました！　『剣士』です！」

その瞬間、周囲がザワザワと騒ぎ出す。

「バッカス家の息子が『剣士』だってさ」

「すげぇな。『剣士』になったら食いっぱぐれはねーよ」

羨望《せんぼう》の眼差しを受けたヴァルトは満面の笑みで、父と思われるぽっちゃりさんのところに駆けていった。

そして遂に俺の番がやってきた。俺は頭を下げて、神父様が何かを唱えるのを待つ。

「アルテナ様の導きあれ」

そう神父が唱えた瞬間、眩《まばゆ》い光が俺から発せられ教会内を満たした。

俺はあまりの眩《まぶ》しさに目を瞑《つぶ》ってしまう。

次第に光が落ち着き、俺は目を開けた。

そこはあの真っ白な空間で――

「やぁ！　久しぶり！」

自称神様が立っていた。

俺は驚きながらも、アルテナを睨みつける。

なぜかって？　俺の夢見た魔法生活をぶち壊した張本人だからだ。

「え、え、なんで怒ってるの！　僕、何かした？」

それなのにアルテナは、俺がなぜ怒っているのかを全く理解しておらず、困惑していた。

「あんたが俺を魔法職にしなかったせいで、俺は生活魔法すら使えないんだぞ！　それに、もしかしたら家を追い出されるかもしれないんだ！」

鬱憤《うっぷん》を発散していると、アルテナは頭上に疑問符を浮かべ、首を捻《ひね》った。

「それはおかしいなー。生活魔法はどんな職業の人でも使えるはずだよ？　魔法職にしなかったのは悪かったけどさ……で、でも君の職業はもっと凄いものじゃないか！」

生活魔法が誰にでも使えるはずだと？　なら、なんで俺は使えないんだ。

それに俺の職業が『魔導士』より凄いって？　使えるスキルもないただのゴミ職じゃないか。

俺が心の中で悪態をついていると、アルテナは俺の考えを読んだのか、こう切り出した。

「もしかして、エクストラスキルの使い方が分かってない感じ？　というか君、『鑑定』スキル持ってるでしょ？　『鑑定』すればいいのに！」

「エクストラスキルを『鑑定』しろって？　そんなこと出来たのか！　出来るならそう言ってくれよ！」

俺が不満を言うと、アルテナも怒り出す。

「そんなの知らないよ！　転生したなら試しに色んなことやってみなよ！　君がやる気ないだけじゃないの？　それにこっちはサービスした側なんだから、そんなこと言われる筋合い無いよ！」

アルテナは頬を膨らませてムーッとしている。こういう姿を見ると、やはり金髪美女は可愛いなーと思ってしまう。

まぁそんなことは置いておこう。

俺はアルテナに言われた通り、自分を『鑑定』し、さらにエクストラスキルを対象に『鑑定』を発動する。

するとスキルの内容が文字になって現れた。


【エクストラスキル『解体』レベル1】

自身が討伐したモンスターを『解体』することが出来る。その際、素材かスキル玉のどちらかを選択可能。他者が討伐したモンスターを『解体』することは出来ず、他者に対してスキル玉を使用することも出来ない。


なんだこれ。つまり俺は自力でモンスターを倒さなきゃ、このスキルを発動することすら出来ないってことか？

無理だろ！　どうやって倒すんだよ！　というかスキル玉ってなんだよ。

「うーん……スライムくらいだったら剣で倒せると思うけどなぁ。君の家の近くにもいるだろうし」

アルテナはまた俺の心を読み、教えてくれた。

「スライムか……分かった。でもスキル玉ってのは一体なんだ？　この文だと、俺にしか使えないってことだと思うんだが」

「それは僕にも分かんないや！　スライム倒してみたらきっと分かるよ！　頑張って！」

アルテナがニカッと笑い、サムズアップをする。

少し殺意が芽生えたが、アルテナの胸部と教会にあった像の胸部を比べて、こいつは可哀想なやつだと、哀れみの感情で殺意を押し殺した。

「本当にごめんね……君と話してたらつい『解体屋』って職業にしちゃってさ……悪気はなかったんだよ……」

当のアルテナは急にしおらしくなり、泣きそうな顔になった。

俺も金髪美女を虐める程、酷《ひど》い男ではない。それにスキルの使い方も分かったし、許してやるとしよう。

「もう良いよ。今度からは気をつけろよ」

俺の返事を聞くと、アルテナは笑顔になり、八年前と同じように、光の渦を作り出した。

「本当はもっと色々話したいんだけど、あんまり時間は取れないからね。これから辛《つら》いことがあるかもしれないけど、頑張るんだよ！」

アルテナはそう告げて、俺を光の渦へ誘導する。

「まぁ大体のことなら大丈夫さ。前世で鍛えたメンタルがあるからな！」

俺は一歩踏み出し、光の渦に呑み込まれた。

俺が狭間《はざま》の世界から現実世界に戻ってきた時には光が収まっており、目の前で神父様が口を大きく開けて、俺を見つめていた。

見たことがない程の輝きだったらしく、周りは大騒ぎしていたが、神父様がなんとか気を取り直し『鑑定の儀』が再開された。

そして俺は、自分のステータスカードを手に取り、父上のところへと向かっていった。

父上は俺から発せられた光を見ていたため、大興奮していた。

「アレクよ！　あの光！　やはりお前は選ばれしものだったのだ！　職業はやはり『賢者』か？」

「えーっと……その……」

「落ち着いてください、貴方。アレクが困っています。それにまた、周りが騒ぎ出すかもしれませんわ。屋敷に帰ってからゆっくり聞きましょう？」

母上が父上を窘《たしな》めてくれたおかげで、俺は大衆の前で恥をかかずに済んだ。

しかし両親が望んだ職業でない以上、これからどうなるかは目に見えている。

案の定、屋敷に帰り両親に職業を知らせた結果、激怒された。

「カールストン家の恥」「『解体屋』など下民がやる仕事」と散々なことを言われ、翌日のパーティーには連れていって貰えなかった。

アリスとヴァルトに会いたかったんだけどな。まぁいずれ、手紙でも出すことにしよう。

王都から本邸に帰るまでの間、食事や宿など必要なものは提供されたものの、家族との会話は一切なくなってしまった。

そして本邸に到着した翌日、従者から家庭教師の廃止が通達され、実質俺はカールストン家に居ない者として扱われるようになった。

食事も家族と同じテーブルで取ることはなくなり、自室に運ばれるようになった。

エリック兄さんはわざわざ俺の部屋まで来て、俺を嘲笑《あざわら》い、「いい気味だ」とだけ告げていった。

正直ここまでの扱いは予想していなかったため、もの凄く悲しくなった。

しかし俺には悲しみに暮れている暇などなく、実行しなければならないことがあった。

■

「――ふぅ、後もう少し先ってとこかな」

『鑑定の儀』から二週間後。俺は剣を腰に携え、森への道を歩いていた。

父上は昔、屋敷から南に二キロ程進むと森があり、さらに奥には山脈があると言っていた。

そこには多くのモンスターが棲息《せいそく》しており、森から山頂に向かうにつれて、モンスターは強力になっていくと。

十歳になったら家庭教師と共にそこへ向かい、実戦訓練を行うそうだ。エリック兄さんは既に十歳になっているため、この訓練を月に一度は行っているらしい。
森の中へ入った俺は、歩を進めるにつれて、空気が重くなっていくことを感じた。
一度立ち止まり、深呼吸をする。
ここから先は何が起きるか分からない。なにせ未経験の世界なのだから。
覚悟を決め、再び歩き始める。
そのまま少し歩いたところで、青色のブヨブヨした動く物体を発見した。
俺は急いで木の陰に隠れ、その物体を『鑑定』にかける。

【種族】ブルースライム
【レベル】1
【HP】5／5
【魔力】5／5
【攻撃力】F－
【防御力】F－
【敏捷性】F－
【知力】F－
【運】F－

【スキル】
吸収
初級水魔法

（これがモンスターか！　まだ俺に気づいてはいないみたいだな）

俺は唾《つば》を飲み込み、剣の柄《つか》をギュッと握りしめる。

前世では経験したことがない感情だ。不安と期待が入り混じったフワフワした気持ち。

俺に倒せるのか？　倒せなかったらどうする？

反撃をくらうかもしれない。そもそもこの剣でダメージを与えられるのか？　もし……死んだら？

死んだらどうしようもない。だが、やるしかない！

俺は木陰から勢いよく飛び出し、剣を振り上げた。

「ウォオオオオオオ！！！」

俺は雄叫びを上げながら、勢いで剣をブルースライムにぶつける。

ザシュッと音がして、ブルースライムの体は二つに割れ、再び動くことはなかった。

「はぁ、はぁ、やった！　やったぞ！」

俺は初めてのモンスター討伐にひとしきり感動した後、やらなければいけないことを思い出す。

「そうだ！　『解体』!!」

俺がスライムに対して『解体』を発動すると、頭の中に文字が浮かんだ。

『素材に解体しますか？　スキル玉に解体しますか？』

俺は迷いなくスキル玉を選ぶ。

なぜなら素材などあったところで、何に使ったらいいかも分からないからだ。スキル玉が何なのか、はっきりさせた方がいい。

スキル玉を選択すると、ブルースライムの体は光の粒子になって消え、後には青白い玉が残った。

俺はその玉を手に取り、『鑑定』をかける。

【ブルースライムのスキル玉】
【スキル】
吸収＋1
初級水魔法＋1

察するに、ブルースライムが所持していたスキルを、玉に反映したものなのか？

しかし、使い方が全く分からない。

俺は試しに、ステータスカードが出てきた胸の位置に、玉を押し当ててみる。

(体の中に入ったりするんじゃないか？　それが無理なら飲み込むとか。もしかして、この玉を投げるとスキルが発動するとか？)

俺は玉を胸に押し当てつつ、使用方法について色々考えていたが、無意味となった。

スキル玉は微かな光を放ちながら、俺の体の中へと入っていったのだ。

そして完全に吸い込まれると光は消え、何もなくなった。

(これで、何が起きたんだ？　俺の体に入ったってことは、俺がなんか変わったのか？　あれだな！　困ったら『鑑定』だ！)

俺は自分を『鑑定』してみた。

【名前】アレク・カールストン
【種族】人間
【性別】男
【職業】解体屋
【階級】カールストン辺境伯　次男
【レベル】1（1／10）
【HP】50／50
【魔力】50／50

【攻撃力】F－
【防御力】F－
【敏捷性】F－
【知力】F－
【運】C＋
【スキル】
言語理解
収納
鑑定
初級水魔法（1／500）
【エクストラスキル】
解体【レベル】1

スキル欄を見て、俺は嬉しくて涙を流した。
この世界に来てやっと、魔法を使う資格を得たのだ。

「『水球《ウォーターボール》』!!」

俺はブルースライムに向かって、使えるようになった水魔法を放つ。

だがブルースライムは倒れることなく、変わらずブヨブヨしている。

「もう一発！　『水球《ウォーターボール》』!!」

二発目の『水球《ウォーターボール》』を当てたところで動きを止めた。

「うーんやっぱり『水球《ウォーターボール》』だと二発はかかるな。これなら剣の方が効率はいいか」

ブツクサ言いながらも、俺は慣れた手つきでブルースライムをスキル玉に『解体』し、取り込んでいく。

「これで九匹目か。この感じだと、俺の予想は正しいみたいだな」

俺は九匹目のブルースライムを倒した後、自分のステータスを『鑑定』し、予想が正しいと確信する。

予想とは、「人間の体に適応していないスキルは習得が不可能」ということだ。

現にブルースライムの『吸収』スキルは、九匹分のスキル玉を使っても手に入れられていない。

「『吸収』とか面白そうだったけどなー。まぁいいか！　多分次のブルースライムでレベルアップ出来るはずだ！」

現在のステータス表示のレベルが（9／10）になっていることから、十匹倒せばレベルアップが出来ると俺は予想している。

そして二十分後……

「よっしゃー!!　レベルアップだ!!」
ゲームのようなレベルアップ音が鳴り響くことはなく、俺は淡々と自分のステータスを確認する。

【名前】アレク・カールストン
【種族】人間
【性別】男
【職業】解体屋
【階級】カールストン辺境伯　次男
【レベル】2（0／20）
【HP】60／60
【魔力】60／60
【攻撃力】F－
【防御力】F－
【敏捷性】F－
【知力】F
【運】C＋
【スキル】

言語理解
収納
鑑定
初級水魔法（10／500）
【エクストラスキル】
解体【レベル】1（1／10）

知力がFになり、HPと魔力が10ずつ上昇していた。

「まぁレベル2に上がったくらいじゃ、こんなもんか」

見上げると、俺が森に来た時には青かった空が、赤みがかっている。どうやらブルースライム討伐に時間をかけ過ぎていたらしい。

仕方なく俺は討伐を切り上げることにした。

「今日はこれだけの収穫だったけど、明日からはここに通い詰めだな！　早く他のスキルも欲しいし。水は魔法で手に入れられるから、昼飯だけ持ってくれれば、朝から夕方までずっといられるぞ！色々検証したいこともあるし、そうしよう！」

屋敷へと歩きながら予定を立てる。

「帰ったら早速、持ち運び出来る昼飯作って貰うよう言っておかなきゃな」

屋敷で働いている者達は、父上に言われて俺のことを無視するものの、頼み事は黙って聞いてくれるのだ。そういうところは優しいと思う。

俺は森を抜けたことを確認し、腰に携えていた剣を、『収納』のスキルでしまう。代わりに分厚い本を取り出して脇に抱えた。

俺がこの森で何をしようが、カールストン家には関係ないかもしれないが、余計な波風は立てたくない。

俺は静かな森の中で、誰にも邪魔されないように本を読んでいた——そういうことにしておいた方が安全だろう。

■

俺が初めて魔法を覚えてから、早くも一年が経過した。

俺はこの森に通い詰めて、新しいスキルの習得と検証を繰り返し行ってきた。

その結果がこれだ。

【名前】アレク・カールストン

【種族】人間

【性別】男
【職業】解体屋
【階級】カールストン辺境伯　次男
【レベル】13（532／2530）
【HP】500／500
【魔力】500／500
【攻撃力】E＋
【防御力】E－
【敏捷性】D＋
【知力】C
【運】B＋
【スキル】
言語理解
収納
鑑定
中級水魔法（717／1000）
中級火魔法（707／1000）

敏捷上昇（中）（173／750）
探知（中）（158／750）
初級剣術（416／500）
初級棒術（319／500）
初級槍術（327／500）
脚力上昇（中）（456／750）
【エクストラスキル】
解体【レベル】1（8／10）

この一年で、スキル玉を一定数取得すると、上位のスキルへとグレードアップするということが分かった。

ブルースライムを五百体倒し、スキル玉を体内に入れてステータスを確認した時、『初級水魔法』となっていた部分が『中級水魔法』に変わったのだ。

その結果から予想はしていたが、レッドスライムから入手した『初級火魔法』も、水魔法と同様に五百体を倒したところで『中級火魔法』に変化した。

『探知』『敏捷上昇』『脚力上昇』は（微）の状態で、それぞれブラックバット、ホーンラビット、コボルドから入手したスキルだ。

二百五十体を倒したところで（微）から（小）に変わり、その後、千体を倒したところで（中）に変化した。

『初級剣術』『初級棒術』『初級槍術』は、それぞれの得物を所持したゴブリンから入手している。同一名のスキルを1上昇させるためには、一つのスキル玉で十分だ。しかし『初級水魔法』のスキル玉で『中級水魔法』のスキルを1上昇させるには、二つのスキル玉が必要となった。

他のスキルも同様で、『探知』『敏捷上昇』に関しては、（中）のスキルを1上昇させるのに、（微）のスキル玉が四つ必要だった。

また、『解体』スキルで入手したスキルが八個に達したことで、『解体』スキル自体も（8／10）となっており、あと二つスキルを入手すれば、『解体』もレベルが上がるのではないか、と予想している。

そして現在、俺は一年間通った森の、さらに奥を目指している。新たな強いスキルを入手するためだ。

俺のレベルが上昇し、スキルのレベルも上がったことから、この辺のモンスターなら多数に囲まれても、難なく倒せるようになっていた。

「お！　ようやく見つけたぞ！」

歩くこと一時間、ようやく『探知』で新しいモンスターの気配を確認出来た。

『脚力上昇（中）』のスキルで、俺の移動速度は一年前より速くなっており、体力も付き肉体的にも成長しているため、移動は苦にならなくなってきている。
それでも一時間は少し退屈ではあった。
息をひそめ、モンスターを『鑑定』する。

【名前】ノーム
【種族】土精
【レベル】8
【HP】300／300
【魔力】250／250
【攻撃力】E－
【防御力】D－
【敏捷性】E－
【知力】E
【運】E
【スキル】
初級土魔法

「おお土魔法か！　ついてるな！」

俺は新たなスキルに胸を高鳴らせ、剣を取り出す。

「まずはあいつの強さを確認しとかないとな。複数相手だと厄介かもしれないし」

俺は木陰から勢いよく飛び出し、ノームの首筋目掛けて剣を振るった。

もう声を張り上げることなどしない。ゴブリンと戦闘をしていた際、声を出してしまったおかげで、敵に多くの援軍が来たからだ。

剣が首を切断し、ノームはばたりと倒れ、動きを停止させた。

「ふぅ。少しずつだが強くはなってるよな、俺」

俺はノームを『解体』しながらそう呟く。

ノームから入手したスキル玉を胸に当て、吸い込んでから自身のステータスを確認する。

スキル欄には『初級土魔法』が追加され、『解体』も（9／10）となっていた。

「あと一つか。さぁどんどん行くぞ！」

俺はノームを倒した勢いそのままに、『探知』スキルを使い、新しいモンスターを探す。

単独行動しているものでなければダメだ。

まだ未確認の情報が多いため、囲まれては不利になってしまう。

しかし周りに単独のモンスターはおらず、少なくとも二体が同じ場所にいる。

「行くしかないか……」

俺は『探知』にかかった二体のモンスターに向かって歩き出す。
相手に気づかれないよう近くへ忍び寄り、モンスターを『鑑定』にかける。

【種族】フェザーウルフ
【レベル】10
【ＨＰ】４８０／４８０
【魔力】３５０／３５０
【攻撃力】Ｄ－
【防御力】Ｅ－
【敏捷性】Ｄ＋
【知力】Ｅ－
【運】Ｅ－
【スキル】
初級風魔法
斬爪《ざんそう》

新しいスキルを所持していることを確認し、どうやって二体を倒すか思考を巡らせる。敏捷性が高いことから、俺の攻撃が回避されることも想定しなければならない。

「奇襲で確実に、一体を仕留めないと分《ぶ》が悪いな。さて、俺の魔法が通用するかどうか」

俺は二体のうち、後ろを歩くフェザーウルフに手を向け集中した。

「『火矢《ファイヤーアロー》』！」

俺は一度の詠唱で、三発の火の矢を放った。

連続で『火矢《ファイヤーアロー》』をくらったフェザーウルフは、焼け焦げて地に倒れる。

これも、この一年で俺が手に入れた成果だ。

魔法系スキルを初めて入手した頃は、ただ魔法名を叫び、単発で使用していた。

しかし複数に囲まれた場合や、単発で倒せない敵に対して同時に魔法を撃ち込めれば、戦闘をより安全かつスムーズに行えると俺は考えたのだ。

俺が今まで読んできた本には、

【『初級火魔法』の使い方】

使用可能魔法は『火』『火球《ファイヤーボール》』であり、詠唱はそれぞれ
「燃やせ『火』よ」

「我が敵を燃やし尽くせ『火球《ファイヤーボール》』」

である。

としか書いていなかった。

どこにも単発で放つと書いていないなら、複数も可能と踏んだ俺は、イメージを膨らませることを思いついた。

スポーツだってイメージトレーニングが効果的と言われているし、何とかなると思ったのだ。

結果は大成功。勿論正確なイメージが必要とされるが、複数の魔法を同時に放つことは可能であった。

ただし魔力の消費は放った個数分かかり、魔力が増えるまで乱発は出来ない。

後ろを歩く仲間が急に倒れたことに驚き、慌てて体勢を整える、もう一体のフェザーウルフ。

だが既に俺は『火球《ファイヤーボール》』を放ち、その場所から移動を開始していた。

フェザーウルフは俺が放った『火球《ファイヤーボール》』を跳んでよけるが、それを予測していた俺は、着地地点付近に移動し剣を振るった。

「ふっ！」

フェザーウルフが着地する瞬間に剣を振り下ろし、胴体を半分に斬る。

無傷で二対一の戦闘に勝利した俺は、息を整えるかのように剣を腰にしまい、『解体』を発動させた。

『初級風魔法』を獲得したことを確認し、もう一体の方へ歩き出そうと立ち上がった時、頭の中で声が響く。

『エクストラスキル「解体」がレベルアップしました』

「そうだ、忘れてた！」

俺はすぐさま、ステータスの『解体』を対象に『鑑定』を発動させた。

【エクストラスキル『解体』レベル2】

自身が討伐したモンスターを『解体』することが出来る。素材とスキル玉を入手出来るが、他者が討伐したモンスターを『解体』することは出来ず、他者に対してスキル玉を使用することも出来ない。

「おお！　素材とスキル玉両方が手に入るようになったのか！　これはありがたい！」

早速俺は、先程倒したもう一体のフェザーウルフに『解体』を発動する。

すると今までとは違い、スキル玉に加えて、白い毛皮と赤い石のようなものが目の前に現れた。

『鑑定』すると、フェザーウルフの毛皮と、フェザーウルフの魔石と出た。

俺は素材をしまい、スキル玉を胸に当てようとする。

そこでふと、「この玉も『収納』出来るのではないか？」と思いついた。

『収納』スキルは生命体を収めることは出来ないが、無機物であれば無限に保有出来る。それならばスキル玉も『収納』可能なはずだ。

その予想通り、スキル玉も『収納』出来るようで「あまり意味はないけど、面白いものとかは取っておくとするか」と、フェザーウルフのスキル玉を『収納』にしまった。


数日後の夜、俺はいつものように森にいた。

正直ここに来すぎたせいで、森こそが我が家と言っても問題が無い気がしてきた。

だが、今日はいつもと違い日曜日であり、夜中の零時を回ったところだ。

俺はこの一年、月曜日から金曜日まではスキル玉集めとレベルアップのために活動し、土曜日と日曜日は、スキルの研究や魔法の訓練のために時間を費やしてきた。

毎日、朝の九時から夕方の十八時頃までを目途に活動していたため、夜中は休息の時間だった。

そんな俺がなぜ、日曜のこんな夜中に森に来ているのか。それは、とある本に記載してあったモンスターの生態を、確かめてみたかったからである。

その本には「特定の環境でのみ棲息、または発生するモンスターが存在する」と記載されていた。

俺の思いつく限りだと、「季節」「気候」「場所」「曜日」「時間帯」の五つが、環境の要素だと考えられる。

「季節」は時間が過ぎるのを待たなければならず、「気候」は運要素が絡み、「場所」は近場にモンスターが発生する場所がこの森以外にないため、変更は難しい。

よって「曜日」「時間帯」を変更させ、モンスターに変化が現れるかを検証することにしたのだ。

目的は勿論、まだ見ぬスキルを手に入れるためだ。

俺はその辺で拾った太い木の棒に火をつけて、月明かりの中、『探知』で新しいモンスターを探す。すると五百メートル程先に、覚えのない魔力波長のモンスター反応があった。

数は二匹で、どちらもゆっくりと動いている。

この移動速度から考えるに、スライム系統であることは予測出来た。

俺は五十メートル手前まで近づき、そこから慎重に距離を詰めていく。

残り二十メートル程になったところで、ようやくモンスターを視認出来た。体から淡い光を放っている。

「あれは……スライムか？」

俺は少し戸惑いながらも『鑑定』をかける。

【種族】ヒールスライム
【レベル】8
【ＨＰ】１２０／１２０
【魔力】３００／３００
【攻撃力】Ｆ

【防御力】Ｅ－
【敏捷性】Ｆ＋
【知力】Ｄ－
【運】Ｅ－
【スキル】
初級回復魔法
吸収

「おぉ！　待望の回復魔法だ！」

俺は長らく待ち望んだスキルに喜びをあらわにする。

今まで怪我をすると、回復の手段がなかったため、屋敷に戻り休養するしかなかった。回復まで時間がかかると、スキル玉を集めに行くことが出来ず辛かった。

だが、これでその悩みも解消される。

どの程度の傷を癒《いや》せるのかは分からないが、少なくとも今までよりは、怪我を気にする必要は無くなるだろう。

俺は両手を構え、それぞれに照準を合わせる。

「いけ！　『火矢《ファイヤーアロー》』!!」

左右同時に三発の『火矢《ファイヤーアロー》』を放ち、二匹のヒールスライムを狙い撃つ。フェザーウルフとの戦闘時のように、俺は両手から魔法を放てるよう特訓を行ってきたのだ。

そうして無事に、ヒールスライムを二匹同時に倒すことが出来た。

早速ヒールスライムを『解体』し、スキル玉を手に入れる。ステータスを『鑑定』し、無事に『初級回復魔法』が追加されていることを確認した。

「『初級回復魔法』はと……『ヒール』か。擦《す》り傷《きず》やＨＰの回復をしてくれるって感じで、流石に手足の欠損とかは回復出来ないみたいだな！」

俺は『初級回復魔法』のスキルを『鑑定』し、呪文と効果を確認する。

「この魔法は色々使い道があるな。とりあえず、日曜の夜はスキル玉集め確定で、他の曜日を訓練に差し替えるとするか」

俺はヒールスライムから入手した素材を『収納』にしまい、さらにヒールスライムのスキル玉を集めるために探知を使うのであった。

■

「我が敵を燃やし尽くせ！『火球《ファイヤーボール》』！」
俺――エリックが放った『火球《ファイヤーボール》』がゴブリンに命中し、その命を奪った。

「お見事！　それではエリック様。今日はこの辺で終わりにしましょうか」

今日は月に一度の実践訓練の日。俺は魔法の家庭教師と共に、屋敷の南にある森に来ていた。

三か月前に十二歳になった俺だが、来年の三月には王都にある学園の入学試験が控えている。

Aクラス以上に合格しなければカールストン家の恥だ。弟のアレクのように。

「分かった。では帰るぞ」

俺は教師に対し、荒い口調で返事をした。

それにしても、俺が倒したものではないゴブリンの亡骸《なきがら》が三体程転がっていたが……誰がやったんだ？

考えながら、前を歩く教師の後ろをついて歩く。

この家庭教師は、カールストン家お抱えの魔法使いではない。父上が言うにはBランクの冒険者らしい。

なぜSランク冒険者を呼んでこないのか。Sランクが呼べずともAランクの冒険者を呼んで欲しいものだ。

「流石エリック様です。この分だと、試験には余裕で合格出来そうですね」

俺が心の中で父上に悪態をついていると、教師が話を振ってきた。

「当たり前だ。そうでなくては、貴様を雇った意味がないではないか。それに私が落ちれば、貴様のクビが飛ぶかもしれんぞ？」

俺が脅《おど》すと、教師は笑いながら「その心配はしなくて済みそうです」と答えた。

屋敷についた頃には既に日が沈んでおり、教師はそのまま帰路についた。

俺は侍女《じじょ》に汚れた服を着替えさせ、夕食に向かう。

既に両親は席に座って待っていた。

勿論アレクの姿はなく、席すら用意されていない。アレクは二年前の『鑑定の儀』で変な職業になってから、この家に居ないことになっている。

俺にもしものことがあった場合を考えて、屋敷に住まわせては居るものの、さっさと出ていって貰いたいのが父上の本音であろう。

「申し訳ありません。遅くなってしまいました」

俺は遅れたことを二人に謝る。席には着かず、父上から許しが出るまで頭を下げる。

「構わん。さぁ座りなさい」

「はい」

俺が席に座ると食事が始まった。アレクの分は、侍女が部屋の前に運んでいるらしい。

食事が進むと父上からの質問が始まる。

魔法の調子はどうだ？　レベルは上がったのか？　今日は何を倒したのだ？

実践の日はいつもこうだ。

質問に対し、父上の機嫌を損なわないように返事をしなければならないのが億劫《おっくう》でしかたない。

俺が無事に返答を終えると、また嫌な質問が始まる。

「アリス様とはその後、どうだ。うまくやっているのか」

その名前が出ると、俺は嫌な気分になる。

アレクが俺の『鑑定の儀』の翌日、パーティーで仲良くなった、ラドフォード家の御令嬢であるアリス様。

彼女のせいで俺は、二年後にアレクの『鑑定の儀』が終わるまで、アレクより下に扱われたのだ。

今となっては、可哀想だと思う気もしないではないがな。

「勿論です。文《ふみ》のやり取りは欠かさず行っております」

嘘はついていない。やり取りは行っているのだ。ただ当たり障《さわ》りのない挨拶だけ。

以前は、手紙の内容はアレクのことで埋め尽くされていた。

だが、アリス様が我が家を訪れた日を最後に、アレクについて聞いてくることは無くなった。父上の策略が成功したのだろう。

「それならいい。全く。アイツがもっとまともな職であれば、手をこまねくことも……」

父上は小声で悪態をつく。父上からしたらアレクはお荷物同然だ。

最近は毎日、本を持って森に行っているらしい。それなら剣の修業でもした方がよっぽど今後のためになるはずなのに。まぁ俺には関係のないことだ。

そうして食事は終わり、俺は寝床につくのであった。

■

ラドフォード公爵家の本邸。

金属のぶつかり合う音が庭に響き渡る。

時刻は夕暮れ時、もう既に日は半分程沈んでいた。

紅く染まる空を背景に、剣を握る私——アリス。

相手の家庭教師は余裕のある表情をしているが、私は鬼の形相《ぎょうそう》で剣を振るっていた。

「アリス様、今日はこの辺りで終わりにしましょう」

華麗に受け流した教師に言われ、私は表情を緩め、剣を下ろす。

「そうですか。今日もありがとうございました。それではまた明日」

私はそう返事をして、スタスタと屋敷の中へ入った。


「——アリス様。お疲れ様でした。着替えを用意してありますので、どうぞ奥のお部屋へ」

「ありがとうターニャ。水をお願い出来るかしら」

「かしこまりました」

私はメイドに言われた通り、奥の部屋で汗がついた服を脱ぎ、綺麗に畳まれた新しい服に着替える。廊下に出ると、ターニャから水を受け取り、一気に飲み干した。

「既にお食事の準備が出来ております。エドワード様もお待ちです」

ターニャの言葉に私は顔をしかめ、ため息をつく。

ちょっとでも遅れていくと、お父様に怒られてしまうのだ。

少し遅れるくらい別に良いじゃない。そう思いながら、私は足早に食堂に向かう。

食堂に着くと、お父様とお母様は既に席に座っており、食事を始めていた。

私も早速、食事を始める。

「アリス遅いぞ！　夕食には遅れるなと、常に言ってるじゃないか！」

「ごめんなさいお父様。剣術の授業にのめり込んでしまっていて。これからは気をつけるわ」

私が謝ると、お母様はフフフと笑う。

「貴方、昨日もそう言ってたわよ？　一昨日も、その前の日も。誰に似たのかしらね」

お母様がお父様を見ながら言うと、お父様はバツが悪そうな顔をして視線を逸らす。

きっとお父様も、私に似て剣が好きだったのね。

そう考えていると、お父様が私に説教をし始めた。

「全く。『鑑定の儀』の後は、お父様と同じ『剣聖』だった！　とはしゃいでたくせに、翌日のパーティーが終わったら、凄く落ち込んで……一体どうなることかと思っていたんだぞ？　それなのに、今じゃ剣しか興味がない！　これじゃお前の将来が心配だ！」

『鑑定の儀』の話が出た途端、私は手を止めた。

『鑑定の儀』が行われたあの日から。

正確に言えばその翌日から、私の人生は狂ってしまった。

職業が『剣聖』となった私は、パーティー当日、アレクに会うのを凄く楽しみにしていた。

「アレクはなんの職業になったのかなー！　とにかく自慢しなくちゃ！　私は『剣聖』なんだぞって！」

私がそんなことを口ずさんでいると、すかさずお父様が私を窘めた。

「良いかいアリス。アレク君がどんな職業であっても、嫌いになったり、友達を辞めたりしたらダメだぞ？　一度友達になったんだ。アリスだって、職業で差別されたら嫌だろ？」

「そんなことしません！　アレクとは友達です。それにアレクだって、私がどんな職業でもずっと友達でいてくれるはずです。だって私のこと……か、可愛いって言ってくれたし……」

徐々に小さな声になっていく私を見て、父上は安心したのか、それっきり何も言わなかった。

パーティーが始まり、伯父様の挨拶が終わると、恒例の挨拶回りが始まる。

私はアレクが来るのを待った。でも、待っても待ってもやってこない。

「お父様、カールストン家の方はまだ来ないのでしょうか？　もしかして何かあったのでしょうか？」

「そうだね。小耳に挟んだ話だと、アレク君の『鑑定の儀』の時、凄《すさ》まじい光が出現したらしい。もしかしたら目がやられてしまったのかもね」

お父様は私に、冗談を交えて昨日の出来事を教えてくれた。

そんなに凄いことが起きてたなんて知らなかった。そんな光だったってことは、もしかしてアレクは『賢者』だったのかも！

そう考えていると、ようやくアレクのお父様がやってきた。でも、様子がちょっとおかしい。それに、隣にアレクの姿がない。

「遅くなってしまい申し訳ありません、ラドフォード公。今宵も素晴らしいパーティーですな。それと、アリス様が『剣聖』の職だとお聞きしました。おめでとうございます」

「気にしなくて良いよ、ダグラス。アリスも喜んでたから良かったよ。それより、アレク君はどうしたんだい？」

お父様は、私が気にしていたことを聞いてくれた。

私はアレクに褒めて貰いたいのだ。『剣聖』おめでとうって。凄いなって言って貰いたい。

「申し訳ありません、アリス様。アレクは今日は来ておりません。体調が優れないと。文を預かって参りました。お帰りになられましたらお読みください」

アレクのお父様はそう言って、私に手紙を渡してきた。

体調が悪いなら仕方ない。褒めて貰うの楽しみにしていたのにな。次会った時にいっぱい褒めて貰おっと！

私はパーティーの時間が過ぎるのを待った。

屋敷に帰り、寝床についた私は、アレクからの手紙を読むことにした。

そこには、想像していたものとは全く異なる内容が書かれていた。

『アリス様へ
本日は体調が悪く、パーティーに参加することが出来ず、申し訳ありません。アリス様にお伝えしなければいけないことがあります。私はアリス様と、もう二度と会うことは無いでしょう。父上、母上は関係ありません。私が貴方と会いたくないのです。それではご自愛なさってください。
アレク・カールストン』

初めは何の冗談かと思った。会えば優しく話しかけてくれて、こんな私とも友達になってくれたアレクが、もう会ってくれないなんて。

それから私はアレクに何通も手紙を出した。

この手紙は冗談でしょ？　私をからかっているんでしょ？

そんな願いを込めて。

だが、アレクから返事が来ることは無かった。

私はアレクのお兄さんにも手紙を出して、アレクのお父さんから渡された手紙が本物かどうか尋ねた。

お兄さんからの返事には、その手紙は本物であり、アレクの本心であると、無情にも記されていた。さらに私がアレクのことを聞いても、「アリス様には話さないで欲しいと、弟から言われている」と返事が来たのだ。

それでも、私は信じることが出来なかった。

もしかしたら、アレクは重い病気にかかっているのかもしれない！

だから、私にその病気を移さないために距離を取っているのかも！

私はお父様に、カールストン家に連れて行って欲しいと必死に頼み込んだ。

アレクに会いたい、どうしても聞きたいことがあると。

『鑑定の儀』から二年後。ようやく私はカールストン家を訪れることが出来た。

しかし私を出迎えたのは、アレク以外のカールストン家の方々。

「アレクに会いたいのです！　会わせて頂けませんか？」

私はアレクの両親に懇願《こんがん》する。しかしその願いが叶うことは無かった。

「アレクは屋敷には居ません。それどころか、私達もどこに居るのか分からないのです。『鑑定の儀』の翌日から姿を消してしまったのです。申し訳ありません」

アレクのお父様から告げられた私は、手紙の内容を直接確認した。

これは本当のことなのか？

アレクは私を嫌いになったのか？

カールストン家の方々は、手紙の内容に驚き、私に頭を下げ始めた。

「まさかこんな内容だとは！　うちの愚息《ぐそく》がなんと失礼なことを！」

顔を真っ青にして、額を地面に擦り付けながら謝るアレクのお父様を見ているうちに、私は漠然《ばくぜん》と理解した。

この手紙の内容が事実であり、アレクは私と会いたくなくなったのだと。友達で居たくなくなったのだと。

カールストン家を出発した私は馬車の中で泣き続けた。

初めて出来た友達に裏切られたのだ。

理由は分からない。

けれどきっと、アレクの職業が凄かったから、私なんかと関わっていられないってことなんだろう。

凄い光だったってお父様も言ってたから。私なんかは友達である価値もないんだ。

そして時が経つにつれ、悲しみは憎しみへと変わっていった。

許さない。私の心を踏みにじったアレク。

いつの日か、いつの日か見返してやる。

そして後悔させてやるんだ。

■

俺――アレクがヒールスライムを初めて倒してから、およそ二年の月日が過ぎた。

現在は四月の中旬。来月には俺も十一歳の誕生日を迎える。

「久しぶりだなアレク。元気にしていたか？」

「ええ、いたって健康です。父上もお変わりないようで」

父上から久しぶりに声をかけられた。

俺は今、三年ぶりに両親と食事をしているのだ。俺の職業が『解体屋』と分かったあの日から、顔すら合わせることのなくなった両親と。

だがエリック兄さんの姿は見当たらない。

「貴方、毎日森に行ってたんですって？　無茶はダメよ。何が起きるか分からないんだから」

母上はクスリと笑いながら、俺の体の心配をしているぞ、と言わんばかりに語りかけてくる。

腹を痛めて産んだ我が子なのに、やはり使えない子は可愛くはないのか。心の中は分からない。

とにかく、俺がかつて見た母の姿はもうなかった。

「父上。世間話はこれくらいにして、私を呼んだ要件をお話しください」

俺はこの二人に気を使いながら過ごすのが嫌になり、話を促した。どうせ、碌《ろく》な要件ではないだろうが。

「そうだったな。お前に伝えなければならないことがある」

父上はそう言うと、一度間を空け、ニヤリと笑った。

「エリックが見事、王都にあるウォーレン学園に入学した。しかもAクラスにだ。この意味が分かるな？」

予想以上の内容であったため、少し驚いてしまった。

ウォーレン学園といえば、千年前に邪神を討ち滅ぼした、勇者ウォーレンが設立したとされる学園で、この学園を卒業出来ればその先は安泰、と言われている程の名門である。

Aクラスともなればその中でもエリートだ。そこに合格したということは、俺もとうとうお払い箱か。

「つまり、俺にこの家を出ていけということですね」

俺が聞くと、父上は一度喉を鳴らし、ワインに口をつける。

「そうは言っていないがな。まぁお前が出ていくと言うなら止めはしない」

要するに、自分から出ていけってことらしい。

まぁこの家を出ることは決めていたからな……。

だが俺も、勇者が設立したウォーレン学園には興味があった。

それに、前世ではボッチ気味だった俺でも、この世界なら楽しい学園生活を送れるかもしれない。

それにただ出ていくよりかは、入学金ぐらいぶんどってから出ていく方が、後腐れないだろう。金を出すくらい父上も許せるだろうし、俺は学園に行ける。

それと、目的がもう一つ。

アリスとヴァルトに連絡を取りたいのだ。もっと言えば二人に会いたい。

なぜならこの三年間、会うどころか、アリスからもヴァルトからも、手紙が一度も届いていなかった。初めて出会った日から『鑑定の儀』までの二年間、毎月のように送られてきていた手紙が、一通たりともだ。

心配になった俺は、自分から送ればいいと考えて、何度も手紙を出してくれるよう執事に頼んだ。

だが一向に返事は来ないまま一年が過ぎ、父上に直談判《じかだんぱん》して、手紙を出して欲しいと頼んだのだ。

その時父上は「出しておく」と言っていた。

だが俺は見てしまった。父上の私室にある暖炉に、俺が書いた手紙の燃えカスが残っていたのを。

きっとそれまでも、俺の手紙は全て燃やされていたに違いない。

何の理由があってそうしているかは知らないが、俺は、アリスとヴァルトと友人でいたいのだ。父上に邪魔された程度で諦めるわけにはいかない。

アリスもヴァルトも、きっとウォーレン学園に入学するだろう。連絡する手段がない今、手っ取り早く会える方法として、学園に行くのが一番だと思う。

「分かりました。私はカールストン家を出ていきます。その代わり、父上にお願いがあります。私にもウォーレン学園の入学試験を受けさせて頂きたいのです」

「ふむ。試験を受けるだけでは入学出来んが？　魔法を使えないお前が、一体どうやって合格するのだ？」

父上は笑いながら俺に質問をしてくる。俺が魔法を使えることを知らないからだ。

母上も同じように笑っている。本当に酷い両親だな。

「勉学には自信があります。なので、筆記は問題なく合格点をとれるはずです。実技は剣術で合格を狙ってみます。それならばギリギリ、Ｆクラスで合格出来ると思います」

父上に納得して貰えるように、それっぽい返答をすると、父上は顎に手を当てて考え込む。少しして、納得したのかこう言った。

「いいだろう。学園の入学金を、独り立ちの支度金として用意しよう。その代わり、試験を受ける再来年の三月に、家から出ていって貰う。これでいいな？」

「はい。ありがとうございます、父上」

話が終わると皆無言になり、食事が終わるまで誰も言葉を発することは無かった。

■

ザッザッザッ。

長く険《けわ》しい山道を、一人黙々と歩く。

三年ぶりに両親と食事をした日から約一年半が経過し、俺は十二歳になった。次の三月にはカールストン家を出ることになっている。

今日の目的は随分前から決まっていた。一か月程前に目にしたモンスターの討伐。

ウォーレン学園の入学試験を突破するためには、ある程度の実力が不可欠である。

同年代の子達より、俺は間違いなく強いとは思うが、正確な実力を把握して、余裕を持って試験に挑みたいのだ。

そのためにも、今日の目的を果たすことは、必要な試験なのである。

回復魔法を手に入れた後、俺のスキル取得速度はより加速し、多くのスキルを手に入れた。

【名前】アレク・カールストン
【種族】人間
【性別】男
【職業】解体屋
【階級】カールストン辺境伯　次男
【レベル】36（66601／66630）

【HP】２０００／２０００
【魔力】２０２５／２０２５
【攻撃力】Ｃ－
【防御力】Ｄ＋
【敏捷性】Ｃ＋
【知力】Ｂ－
【運】Ａ－
【スキル】
言語理解
収納
鑑定
上級水魔法（55／１５００）
上級火魔法（35／１５００）
中級風魔法（５２７／１０００）
中級土魔法（６０７／１０００）
上級回復魔法（98／１５００）
魔力上昇（中）（７１１／７５０）

攻撃力上昇（中）（326／750）
防御力上昇（中）（304／750）
敏捷上昇（中）（424／750）
探知（中）（386／750）
中級剣術（536／1000）
中級棒術（509／1000）
中級槍術（517／1000）
脚力上昇（中）（526／750）
毒耐性（小）（424／500）
物理耐性（小）（484／500）
【エクストラスキル】
解体【レベル】2（16／20）

ステータスは軒並みD＋以上になり、攻撃力に関してはC－に到達している。

そのおかげか、各種スライムが相手であれば、物理攻撃一発で倒せるようになってきた。

魔力量もスキルのおかげで、かなりの大きくなった。

『魔力上昇』スキルはゴブリンメイジから入手した。

ゴブリンメイジは、遠距離から魔法を放ってくるタイプで、俺は高火力の魔法をぶつけて倒してきた。初級魔法のスキルも所有していたため、スキル玉集めにはもってこいの敵であった。

『毒耐性』はヴェノムスライムから入手した。

ヴェノムスライムは『毒液』というスキルを所有しており、触れると酷くただれてしまうため、遠距離から魔法を放って対処してきた。

『物理耐性』はオークから入手した。

オークはとにかく脂肪が多いため、出会った当時の俺のステータスでは、全く物理ダメージを与えることが出来なかった。

火魔法を連発して、倒した後はこいつの肉を食うことが日課となってしまった。豚肉のような味で割と美味しかった。

『攻撃力上昇』『防御力上昇』はそれぞれ、レッドオーガとブルーオーガから入手したスキルである。

この二体は基本的に一緒で行動しており、どちらか一体を倒すと、『狂暴化』という固有スキルを使ってくるためかなり厄介な敵であった。ちなみにこいつの肉は筋《すじ》が多くまずかったので一度食べた切り、もう食べていない。

さて、ステータスの話はこの辺にして、話を戻そう。

今日討伐するモンスターはオーガキングだ。一か月程前に、オーガ狩りをしていた際に発見したのだが、俺が出会ってきたモンスターの中で群を抜いて強かった。

【種族】オーガキング
【レベル】38
【HP】2000／2000
【魔力】700／700
【攻撃力】A＋
【防御力】A＋
【敏捷性】D－
【知力】D－
【運】E＋
【スキル】
攻撃力上昇（中）
防御力上昇（中）
剛力
威圧
狂暴化

レベルやステータスは俺よりも高い。さらに、常に二体のレッドオーガ・ブルーオーガが近くにいる。

戦闘を避け逃走した俺は、一か月間、どうやって一対一に持ち込むか、どうすれば戦闘を有利に進められるか、対策を練ってきた。

まず『探知』を使い、オーガキングを探す。今回のために、周りのオーガは狩れるだけ狩ってきた。増援を呼ばせないためだ。

作戦通りにいけば間違いなく倒せるはず。しかし体の震えは治まらず、心臓の鼓動も速くなっている。

標的との距離が三十メートル程になったところで、深呼吸をする。

「さぁ、修業の総仕上げといこうじゃないか」

俺は魔法一発の威力を出来るだけ高めることに、意識を集中する。

まずは、最大火力の火魔法をオーガ二体に放ち、敵をオーガキング一体にしなければならない。

今の俺が、この魔法を二発同時に放つためには、五秒程時間が必要になるため、奇襲でしか使えない技だ。

「よし……いくぞ。勝たなきゃ死ぬんだ！　やるぞ俺！」

覚悟を決め、立ち上がり両手を前に向ける。

「燃え盛る炎よ！　我が標的を貫け！　『炎槍《フレイムランス》』！」

最大火力を出すため、しっかり詠唱をする。

その声に気づき、こちらを向くオーガ達だが、気づいた時には既に遅く、二体のオーガは炎の槍に胸を貫かれ、その場に倒れ込んだ。

「ガァアアアアアアアアアア！！！」

オーガキングは仲間が倒されたことに怒り、雄叫びを上げる。すると俺の体が硬直した。

「くそ！　これが『威圧』か!!」

自身のレベルよりも低い相手に対して発動すると、相手の動きを一時的に止めることが出来るらしい。『鑑定』で見た時に確認済みだが、こいつの対策は簡単で、レベルをオーガキングより上げていれば済むこと。

だが、俺はあえてそれをしなかった。理由は強者に打ち勝ちたかったから、である。

「クソ！　動け！」

何とか体を動かそうとしている間に、オーガキングは距離を詰めてきており、その太い右腕が振り下ろされる。

「グッ」

すんでのところで何とか体を動かせるようになったものの、オーガキングの拳を回避することは出来ず、両手でガードするしかなかった。

奴の拳が俺の腕に当たった瞬間、体を吹き飛ばされるかという程の威力に、俺は悶絶《もんぜつ》した。『物理耐性』のスキルが無ければ腕が粉々に折れていただろう。

「ちくしょー！　めちゃくちゃイテーじゃねーか!!」

俺は腕の痛みに涙を流しそうになりながらも、素早く回復魔法を発動し傷をいやす。打撲《だぼく》程度なら『ヒール』で十分だ。

それに攻撃は食らってしまったが、予定通り、奴と一対一の状況に持ち込むことが出来た。

「今度はこっちの番だ！　『火矢《ファイヤーアロー》』！」

俺はオーガキングから遠ざかりながら、右手から六発の火の矢を繰り出す。

以前は片腕から三発が限界だったが、六発まで、同時に出せるようになった。

魔法をガードすらせず、正面から受けるオーガキング。

『火矢《ファイヤーアロー》』は筋肉で覆われた、岩のような体にぶつかり、小さな爆発を起こす。

煙が消えると、殆ど無傷のオーガキングが仁王立ちしていた。

「まじかよ。ここまでの防御力とはな」

「ガァァァァァァァァァァァァ！！！」

オーガキングが怒りに任せ雄叫びを上げると、再び俺の体が硬直する。

何とか気合で攻撃を回避したものの、このままではジリ貧になってしまう。

戦闘が長引けば、遠くのオーガを呼び寄せられてしまうかもしれない。

「やるしかないか」

そう言うと俺は右手に剣を持ち、先程とは打って変わって、敵の懐《ふところ》へと突っ込んでいく。オーガキングの攻撃を避けながら攻撃をしていくが、やはり効果は薄い。

単純に武器の性能が悪いのか、それともオーガキングの皮膚《ひふ》が硬いのか。浅く傷はつけられるものの、切断するレベルには到底及ばない。

さらに近距離戦に持ち込んだことで、魔法発動の暇はなくなり、どうしても手数は薄くなる。

どうするか必死に思考を巡らせていた時、突然オーガキングの攻撃が重くなった。

予想をしていなかった強烈な威力に、俺は体ごと吹き飛ばされ、そのまま木の幹に衝突し背中を強打してしまう。

「ガッ」

俺はその場に倒れ膝をつく。

オーガキングはそんな俺を見て雄叫びを上げ、さらに追撃してくる。

何とか回復魔法を発動し、回避したものの、体の損傷は圧倒的に俺の方が激しい。

このままいけば間違いなく俺は死ぬ。オーガキングの強さを見誤った結果だ。

「はぁ、はぁ。……ここで『剛力』か」

先程俺が吹き飛ばされた時、オーガキングは『剛力』のスキルを使ったのだろう。一時的に自身の攻撃力を高めるスキル。元が攻撃力A＋だったのだから、Sは軽く超えているはずだ。

俺は剣を収め、魔力を溜めることに集中する。

「見とけよ。これが俺の必殺技だ！」

魔力を溜めることに集中しながらの近距離戦は、圧倒的に俺の不利であり、少しずつダメージが蓄積していく。

何とか致命傷を避けながら魔力を溜めていき、遂にその瞬間がやってきた。

オーガキングが俺の顔面目掛け、右腕を振り下ろす。

俺はその攻撃をガードすることも避けることも放棄し、自分の両手をオーガキングの胸に押し付けた。

オーガキングの右拳は見事に俺の顔面に当たり、意識が飛びかける。

しかし十五年間ブラック企業に勤めてきた根性と精神力で、何とか持ちこたえた。

「貫けぇぇぇ！　『炎槍《フレイムランス》』‼」

残った魔力を殆どつぎ込んだ、最大火力の炎の槍を、ゼロ距離でオーガキングの胸に撃ち込む。

俺は反動で吹き飛び、オーガキングがいた場所には爆炎が立ち上《のぼ》った。

これで奴が生きてれば俺の負けだ。

俺は最後の力を振り絞り、立ち上がる。

煙が消えたその先を見ると、胸に大穴を開けたオーガキングが立ったまま死んでいた。

「俺の……勝ちだぁ‼」

俺は拳を空高く上げ、強敵との戦いに勝利した喜びを噛みしめたのであった。

■

オーガキングとの戦いから一か月が過ぎ、現在は二月半ば。

来月にはウォーレン学園の入学試験が控えており、俺は王都を目指している最中である。

普段なら一週間で着くのだが、今回俺は見聞を広げるため、ゆっくりと王都を目指している。

カールストン家を早々に勘当された俺は今、ただのアレクになっていた。

「安いよ安いよー！　ほらそこのお兄さん！　ボアの肉どうだい？」

「いくらですか？」

「おっ！　兄ちゃん買ってくれんのかい？　一キロで銀貨五十枚さ！」

「じゃあ一キロ買います！　あと、おすすめの宿を教えて貰えますか？」

「まいど！　宿ならロンロン亭ってところがおすすめだな！　あそこのボア煮込みのシチューは格別だぜ！」

「どうも！　それともう一つ、冒険者ギルドの場所も教えて頂けますか？」

「あん？　兄ちゃん冒険者になりたいのか？　ギルドはこの通りを真っ直ぐ進めば、目の前に見えてくるはずだぜ！　弱そうだから、やめた方がいいと思うけどな！」

「ありがとうございます！　それではまた！」

ここは、王都までの間に存在する三つの街のうち、最後の街フェルーである。

あのクソ親父は、本当に入学金だけしか渡してくれなかった。そのせいで、王都までの道のりにかかる費用は自分で稼ぐしかない。

そこで冒険者ギルドへ向かい、この数年で集めたモンスターの素材を買い取って貰えれば、それなりの額になるだろうと踏んだのだ。

俺は商人に教えて貰った通りに歩き、見えてきた一番大きい建物を目指す。

目的の建物に着き、両開きのドアを開けると、一気に酒の匂いが広がった。

内装は前世で言うと、市役所をぼろくした感じだ。

周りを見渡すと、強面《こわもて》のおじさん達が俺のことを睨みつけてくる。まぁこんな子供が入ってきたら、睨む気になるのも分かる。

すると、一人のハゲ頭が俺のところにやってきた。

「おいおい！　ここは貴族の坊ちゃんが来るような場所じゃねぇぞ？　さっさとママのところへ帰んな！」

まぁ予想はしていたことだ。新人イビリのような、よくある定番イベントなのだろう。

ここでハゲ頭が殴りかかってきて、俺がそれを投げ飛ばし、周りから歓声が上がる……。

そんな妄想をしていると、周りから予想外の声が聞こえてくる。

「まただよ、ベスターのやつ。照れすぎだろ」

「ほんとだぜ。あれ、実は子供だから心配して声かけてんだろ？」

「そうそう。俺にビビるような冒険者はすぐ死んじまう、ってことらしいぜ。王都じゃあんくらいのガキがダンジョンに潜るってのにな」

このハゲ頭はベスターという人で、本当はめちゃくちゃ優しいおじさんらしい。

つまり、定番イベントの発生は無しってことか。ちょっとカッコつけてみたかったのに。

「ご親切にどうも。冒険者登録に来たのですが、よろしければ受付の場所を教えて頂けますか？」

俺が平然とした表情でそう答えると、ベスターは少し驚いた顔をしたあとニカッと笑い、受付の方を指差す。

「なんだぁ肝が据わってんじゃねーか！　受付はあっちだ！」

ベスターに教えて貰った場所に向かうと、素敵な女性が立っている。

俺がカウンターの前に行くと満面の笑みで話しかけてくれた。

「こんにちは！　ご依頼でしょうか？　それとも冒険者ギルドへの登録でしょうか？」

「こんにちは……あの。登録に来ました……」

心の中ではキリッと返事をしたつもりが、言葉が詰まってしまう。

なにせこんな綺麗な女性と会話したことなんて、前世でも数えるくらいしかない。社会人になってからは、女性とコミュニケーションを取る機会なんてまともに無かったのだ。こうなってしまうのも仕方ない。

「ありがとうございます。冒険者登録ですね！　それでは、ステータスカードの提示をお願いいたします！」

俺はステータスカードを提出するために呪文を発する。

「我の姿を写しだせ。ステータスカード」

昔父上から教わった通りの呪文でカードを出した俺は、必要な箇所だけを表示して、受付のお姉さんに提出する。

「ありがとうございます！　えっと、アレクさんですね！　年は十二歳で職業が……『解体屋』？」

初めて目にした職業なのだろうか、俺とカードを交互に見てくる。

早く進めて欲しいので、俺はお姉さんを急かした。

「何かありましたか？」

「い、いえ。ではこちらの水晶に手を置いてください」

俺は言われた通り、目の前に置かれた水晶に手を置く。すると水晶が白く光り始める。

程なくして光が消えると、水晶からカードが出てきた。

「こちらが冒険者カードになります！　登録時は、Ｆランクからのスタートになりますので頑張ってください！　Ｅランクに昇格するためには、Ｆランクの討伐依頼と採取依頼を、十件ずつ達成する必要があります」

俺はカードを手に取り内容を確認する。右上にFと書かれた青色のカードで、名前と職業が明記されていた。

「続いて、パーティーへの加入、またはメンバーの募集ですが、如何《いかが》されますか？　同じランク帯の方と組むのも良いですし、上の方と組んで、色々と勉強させて頂くのも良いと思います！　駆け出しの方は無理をする方が多いので」

パーティーか。とりあえず今回は路銀《ろぎん》集めが目的だからな。メンバーを増やすと収入を割らなきゃいけなくなってしまうので、やめておこう。

「今のところ大丈夫です。必要になったら募集させて頂きます！　それと、買取について聞きたいのですが……」

俺は当初の予定通り、今まで倒してきたモンスターの素材を売ることにした。

「買取ですか？　ギルドではモンスターの素材、薬草などの買取を行っております。討伐依頼のあるモンスターの素材は、通常の一・二倍の価格で買い取らせて頂きます」

「そうなんですね。討伐依頼を達成する場合は、依頼を受けてから、討伐しなくてはいけないんですか？」

「いえ！　討伐証明となる部位、もしくは魔石や核を提出してくだされば、順序は関係ありません。ですが、他人が討伐した物を提出した場合は、冒険者資格の剥奪《はくだつ》となりますのでご注意ください。こちらの、真偽の水晶で確認いたしますので、嘘はつかないでくださいね？」

そんな便利なアイテムがあるのか。とりあえず、今まで溜めた素材を提出してもよさそうだな。

俺は一番高く売れそうな素材を取り出し、カウンターの上に置いた。

「じゃあこれの買取をお願いします！」

俺が出したオーガキングの魔石は、拳大の大きさで綺麗な赤い色をしている。

しかし受付のお姉さんはピタリと動きを止め、カタカタと震え出した。

「えっと、こちらは何の魔石でしょうか？」

お姉さんにそう聞かれたので、俺は嘘偽りなく答える。

「オーガキングの魔石です！　あ、勿論自分で倒しましたよ！」

先程言われた通り、自分で倒したものしか、討伐依頼を達成したことにはならないみたいだしな。

そもそもオーガキングの討伐依頼があるか分からないけど。

そんなことを考えていると、お姉さんは引き出しからレンズを取り出し、魔石を調べ始めた。

「ほ、ほんものだ。本物のオーガキングの魔石ですよ、これ！」

「だからそう言ってるじゃないですか！」

子供だから信用されてないのか、少し悲しくなる。レンズには『鑑定』の効果があるのだろうか。

やがてギルド内がざわつき始めた。

「おい！　オーガキングの魔石だってよ！」

「まじかよ！　オーガキングって言えば、Aランク指定のモンスターじゃねーか！　あんな子供が倒したっていうのかよ！」

「自分で倒したって言ってたじゃねーか！　真偽の水晶の話を聞いて、すぐに嘘をつくとは思えねーだろ」

周りの視線が俺に集中し始める。

こんなに注目されることなんて人生で初めてかもしれん。勿論前世を含めての話だ。少し恥ずかしいけど悪い気分ではないな！

それにAランクなら高く売れるんじゃないか？　これで路銀の心配もなくなるってもんだ。

すると、お姉さんが別室に来て欲しいと言い出した。換金は別の部屋で行われるのだろうか。

お姉さんの後ろについていくと、扉の前でお姉さんが足を止め、扉をノックをした。

「失礼します。マスター、少しお時間よろしいでしょうか」

「いいぞ。入れ」

中から男の人の声が聞こえ、お姉さんが扉を開く。

部屋の中では、めちゃくちゃダンディなおじさんが書き仕事をしていた。

おじさんは手を止めてこちらに顔を向ける。

「どうしたミリア。何の用だ？　それに隣の子供はなんだ？　まさか隠し子か？」

受付のお姉さんはミリアさんというのか。容姿に似合った素敵な名前じゃないか。

「ふざけないでください。こちらは本日、冒険者登録を行ったアレクさんです」

俺はミリアさんに紹介されたので、マスターに挨拶をする。

「はじめまして。アレクと申します」

「なんだ、貴族様みたいな挨拶しやがって。俺はここのギルドマスターを務めてるランギルってもんだ。よろしくな。一応元Aランク冒険者だ」

この挨拶が貴族なのか？　普通に挨拶しただけなのに。

というか、なんで俺がこんなお偉いさんに挨拶してるんだ。まだ登録したばっかのひよっこだぞ？

「マスター。こちらをご覧ください。オーガキングの魔石です」

ミリアさんが、俺が渡したオーガキングの魔石を、ランギルさんの机の上に置いた。

あーそういうことか！　マスターは魔石好きなのか！　もしくは、オーガキングの魔石が好きなのかもしれないな。同じマッチョとして。

「なに！　オーガキングの魔石だと！　誰が持ってきたんだ！」

「アレクさんです」

「馬鹿言うな！　冒険者登録したばっかの子供がAランクモンスターの魔石を持ってきただと？　水晶は使ったのか!?」

ランギルさんは椅子から立ち上がり、信じられないという表情でミリアさんに確認した。

そんなに珍しいことなのか？　まぁ確かに、俺も死にかけたしな。

『上級火魔法』を覚えてなかったら間違いなく死んでたと思う。

「登録時に、真偽の水晶について説明を行いましたので、嘘をついているとは思えません」

「……そうか。では使ってはいないのだな。すまんがミリア、水晶を持ってきてくれ」

ランギルさんがそう言うと、ミリアさんは一礼し部屋を出ていった。

ランギルさんは深く息を吐き椅子に座り直す。

俺的には早くお金が欲しいんだが。あと出来れば、ミリアさんの連絡先も。

「アレクといったな。参考までに、どのように倒したか教えて貰おうじゃないか」

どうやらランギルさんは、俺がオーガキングを倒したことを信じていないらしい。俺に嘘は通用せんぞっていう目で睨んできているし、それに声のトーンがさっきより低い。

仕方なく、俺は本当のことを話すことにした。

「――という感じで、オーガキングの一発に耐えて、胸に魔法を放って倒せました」

最初にオーガ二体を、奇襲で倒した話を聞いていた時のランギルさんは感心した顔をしていたが、話が進むにつれてどんどん口を開き、トドメを刺した時の話を聞いた瞬間は、顎《あご》が外れかかっていた。

話が終わったタイミングで、丁度ミリアさんが水晶を抱えて戻ってきた。水晶をマスターの机の上に置き、俺の隣に立つ。

ランギルさんは水晶が来たことで気を取り直し、俺に向かって語りかける。

「さっきまでの話は面白かったぞ。作り話にしてはな」

「作り話ではないんですが……」

「フン！　どうとでも言え！　これではっきりするからな。さぁ答えろ！　この魔石のオーガキングを倒したのはお前か？」

はっきりと俺は答えた。

「はい。私が倒しました」

ランギルさんが水晶に目を向ける。

それに釣られて俺も水晶の様子を窺《うかが》うが、水晶は青白く光っただけだった。

「赤く、ならないだと」

ランギルさんは額に汗を流し、俺と水晶を交互に見つめた。

どうやら真偽の水晶とは、問いに対して嘘をつくと赤くなる物らしい。

俺がオーガキングを倒したのだから赤くなるわけがない。

「これでハッキリしましたね。アレクさんは本当にオーガキングを倒したのです」

ミリアさんが言うと、ランギルさんは額を机に勢いよくぶつけて、謝ってきた。

「申し訳ない！　まさかこんな子供がオーガキングを倒せるとは思わなかったんだ！　しかもオーガキングの一発を耐えたなんて、嘘にしか思えないだろ？」

まぁ俺も、逆の立場だったら嘘をついてると思うだろう。それに、侮辱《ぶじょく》されたわけじゃないから俺は全然怒ってない。

「マスター。口だけじゃなんとでも言えます。それだけで、アレクさんが許してくれると思いますか？　オーガキングの討伐経験がある十二歳ですよ？　この一件で、ギルドに不信感を抱かれたらどう責任取るんですか！」

いやミリアさん、全然怒ってないです。全然許してます。

大の大人がこんだけ頭下げてくれてるんですよ。俺もランギルさんの気持ち分かりますから。その辺にしといてくださいよ。

「そ、そうだな。よし！　アレク君には特例でDランクに昇格して貰おう！　Cランク以上となると特殊な試験が必要になるから流石に難しいが……どうかな？」

ランギルさんはチラチラとミリアさんの顔を見ながら、俺に提案をしてきた。

別に怒ってないのだが、貰える物は貰っておこうか。

「そうして頂けるとありがたいです。あと、魔石の買取をお願いします！」

ランギルさんは俺の返事に胸を撫で下ろし、席に座り直す。そしてオーガキングの魔石を手に取り、状態を確認し始めた。

「これは……傷もついていないし、大きさもかなりのものだな。お詫《わ》びも含めて少し多めに出そう。白金貨二十五枚でどうだろうか！」

白金貨っていうと、一枚で約十万円くらいだから……二百五十万か!!　かなりの儲けになったな！　入学金を払っても、余裕でお釣りが来る。

でもこんなに高く買い取るってことは利用価値があるってことだよな。一体何に使うんだ？

とりあえずその疑問は置いておくとして、金は貰っとくか。

「その金額で大丈夫です。ありがとうございます」

「そうか！　額も額だしここで渡そう。ミリアさんは申し訳ないが頼む」

ランギルさんがそう言うと、ミリアさんは再び部屋から出て行った。お金を取りに行ったのだろう。その間に魔石について聞いてみるか。

「ランギルさん。こんなに高く買い取るってことは、魔石の利用価値が高いってことですよね？一体何に使うんですか？」

「マスターでいい！　さん付けなんて気持ち悪いからな！　魔石の用途は色々あるが、基本的には魔道具を動かすために使うんだ！　水を出したり火を出したり、色々出来るんだよ」

魔道具か。屋敷の書斎には、魔道具について記した本は確か無かったはずだ。

きっとクソ親父が興味を示さなかったからだろう。魔道具は俺にも作れるのだろうか。

「そうなんですね。魔道具はお店に売ってるんですか？　それとも自分で作るんですか？」

「魔道具を作るには、専門のライセンスが必要だ。この辺だと、ウォーレン学園の魔道具科に入学しないとライセンスの取得は無理だな！」

魔道具科か。俺が入学試験を受ける予定なのは、勇者育成学科だ。ウォーレン学園の代表科だからな。しかしそうなると、魔道具作製の夢が絶たれるな。一度卒業して再度入学するか、魔道具科のやつと仲良くなるしかあるまい。

「そうだったんですね。色々とありがとうございます！」

「いいっていいって！　俺が容姿で判断しちまったのが悪かったからな。今後は最初から真偽の水晶を使うことにするさ」

やがて戻ってきたミリアさんから白金貨二十五枚を頂き、俺は部屋を後にした。

「――先程はマスターがすみませんでした」

「いえいえ。こちらこそミリアさんのおかげで、色々助かりました」

マスターの部屋から出たあと、俺とミリアさんはギルドの受付に向かって歩いている。

こうやって見ると、やっぱりミリアさんは素敵だな。容姿だけじゃなくて物腰も柔らかいし。

今回の件の一番のご褒美と言えば、ミリアさんとお近づきになれたことだな。

受付に着くと、ミリアさんは再度説明をしてくれた。

「依頼の発注は私が今いる席で、受注は右側の席で行います。受注する際は、あちらの掲示板を見て頂き、依頼内容と受注要件を満たしているかの確認をして、用紙を持って来てください！」

その後も説明は続いた。

ランクや職業、パーティー人数によって、依頼受注の制限があるらしい。

単純な討伐依頼は常時貼ってあり、制限は無いらしい。ただし、自分より二ランク上のモンスターの討伐依頼は、受けることが出来ないそうだ。死亡のリスクが高いからだろう。

「それとCランクへの昇格条件ですが、Dランクの依頼を十件と、Cランクモンスターの討伐達成が条件になります。最後に特殊な試験を行い、合格するとCランク冒険者になれます」

Eランク昇格の条件をさっき聞いたばかりなのに、もうCランク昇格の条件か。

この内容だとDランクまでが初心者で、Cランクからが中級者としての知識と実力が必要になってくるってことかもな。

「分かりました。少しお聞きしたいんですが、一週間後くらいに、私が受注出来る王都への護衛依頼とかって無いですかね？　王都に行くついでに受注出来たらなぁと思って」

ミリアさんは右側の席から紙を持ってきて、パラパラとめくり始めた。

「王都への護衛依頼ですね。Dランク冒険者への護衛依頼は……ありました！　丁度一週間後に依頼がありますね」

良かった。タイミングもばっちりだ。

「条件は『Dランク以上の冒険者。募集人数四名。職業は不問』ですね！　残り一人、枠が空いています！　達成料は金貨一枚です！　条件を満たしているので受注出来ますが、どうしますか？」

おっ！　金貨一枚ってなかなかじゃないか？　初依頼にしてはいいお値段だと思う。

「それでお願いします！」

「分かりました。それでは受注処理を行いますので、ギルドカードをお願いします！」

俺はギルドカードをミリアさんに渡す。

「ありがとうございます！　……はい、これで手続きは完了です！　Ｄランクへの昇格も記録しましたので、ご確認ください！」

返ってきたカードの右上を見ると、ＦからＤに変わっていた。

「他の三名はパーティーのようです。出発の一日前に、一度顔を合わせておきたいと記載があるので、月曜日の十時にギルドにお越しください！」

ミリアさんは初心者の俺に、凄く丁寧にアドバイスをしてくれる。

馬車の操縦なんて俺は出来ないし、その辺をどうするか相談も必要になるだろう。

「分かりました！　月曜日の十時にギルドですね！　あ、そうだ。ロンロン亭にはここからどうやって行けば良いんでしょうか？」

宿の名前は聞いたけど、場所を聞くのをすっかり忘れていた俺は、ついでに確認する。

「ロンロン亭ですね！　ギルドを出て、右に向かって歩いて、突き当たりを左に曲がってください。少し歩くと看板が見えてくるはずです」

「ありがとうございます！」

よし、これで宿までの道はオッケーだな。

後はミリアさんを食事に誘うだけだ。女性を食事に誘うなんて何年ぶりだろうか。

奥手だった前世の俺とは決別したんだ。今の俺にはさっき貰った大金がついている。どんな女性でもイチコロだろう。

「そうだミリアさん！　この後……」

「ミリア、先に帰ってるぞ！」

俺が食事に誘おうとしたその時、後ろからミリアさんに声をかける男が現れた。そいつはなんと、ハゲ頭ことベスターだった。

「分かったわ、ベスター！　私もこの子の手続きが終わったら帰るから！」

も、もしかして二人は付き合っているのか？

いや待てよ。もしかしたら飲みに行くだけかもしれない。そうだそうに違いない！

「ミリアさん、もしかして……」

「アレクさん、さっきはうちの旦那がごめんね？　あれでも心配してくれてるのよ。ただ不器用なだけなの。許してあげてね？」

「……分かりました」

俺の異世界での初恋は、はかなく散った。

なんであんな怖い顔したハゲ頭が、こんな美しい女性と結婚出来るんだ！

俺は下を向きながらギルドを後にするのだった。

外に出ると、太陽が沈みかけており、空はオレンジ色に染まっていた。

「はぁ……ミリアさん結婚してたのか」

普通に考えれば、十二歳の子供が二十代の女性と付き合うのはおかしい。

でも、俺の心はとっくに三十歳を過ぎているのだ。二十代の女性と付き合いたいと思っても仕方が無いじゃないか。

「切り替えよう……俺は十二歳の子供なんだ！　これから青春を謳歌《おうか》するって決めたじゃないか！　夢の学園生活が待っている！」

道の真ん中で上を向き、叫ぶ俺の姿を見た母親が、子供に小声で「見ちゃダメよ」と言っていたが、気にしない。気にしないぞ。

そうして歩くこと十分、ロンロン亭と書いてある看板を見つけた。

扉を開けて中に入り、受付に向かう。おすすめされただけあって、とても綺麗だ。

呼び鈴を鳴らすと、厨房《ちゅうぼう》からおばさんがやってきた。

「いらっしゃい！　食事かい？　それとも宿泊かい？」

「えっと、一週間、宿泊でお願いします。食事は朝、夕付きでお願い出来ますか？」

「はいよ！　一週間ね！　食事は別料金で、その都度注文して貰えれば出すから！　宿泊料金は一週間なら銀貨十四枚だよ！」

「分かりました。銀貨十四枚、前払いしときますね。あと早速で申し訳ないんですけど、ボア煮込みのシチューを一つお願いします」

ひとまず宿泊の手続きは済んだので、ボア煮込みのシチューを頂くことにする。

「まいど！　ボア煮込みのシチューは銀貨八枚だよ！」

銀貨八枚か。ちょっとお高いがよしとするか。

「はい、銀貨八枚です」

「まいどあり！　じゃあ席に座っといておくれ。出来たら持っていくからね！」

そう言って、おばさんはまた厨房に入っていった。

俺は空いている席を探し、隅の席に座る。しばらくしておばさんが料理を持ってやってきた。

「はいよ！　ボア煮込みのシチューだ！　熱熱だから火傷《やけど》しないように気をつけな！」

シチューの中身を見ると、人参やジャガイモが沢山入っており、ゴロゴロと大きなボアの肉も、山程入っていた。これで銀貨八枚なら納得がいく。

湯気が立ち込めるシチューをスプーンですくい、フーフー冷ましながら口に入れる。

その味は、塩気も少なく甘味も足りない、なんてことのないものだった。

だけどなぜか、久しぶりに食べたお袋の味、そんな優しい味がした。

この世界に来て、初めて心の底から「美味しい」と思えた料理かもしれない。

俺は具を噛みしめながら、ゆっくりと味わった。

食べ終わった頃にはすっかり夜になり、店も賑わっていた。迷惑かとも思ったが、気持ちを伝えたい衝動が抑えられなかった。

「おばさん！　ボア煮込みのシチュー本当に美味しかったです。ごちそうさまでした！」

そう声をかけると、騒がしかった店内が一瞬のうちに静かになった。

周囲に居た大人達は食事の手を止め、俺から離れていく。

おばさんが近づいて来て、目の前で両手を広げた。

抱きしめてくれるのか？　と思ったがそんなことはなく、両手の拳を握り、俺のこめかみをグリグリする。なんとこれが、オーガキングの殴打の痛みの比ではなかった。

「そうかい！　そりゃ良かったよ！　でもね、わたしゃおばさんじゃないよ。カイネっていうんだ。カ・イ・ネさんと呼びな！　今度おばさんなんて呼んだら承知しないからね！」

「は、はい！　わ、分かりました！」

俺が答えると満足したのか、カイネさんは客の注文を取り始めた。

静かになった店も賑わいを取り戻す。

すると、隣で酒を飲んでいた二人組の男が声をかけてきた。

「おい坊主。死なずに済んで良かったな。カイネさんは元A級冒険者で、この辺りじゃ、鮮血《せんけつ》のカイネって呼ばれてんだよ」

あんな優しそうなおばさんが元A級冒険者？　鮮血のカイネ？

怖すぎる。今度から年上の女性にはお姉さんて呼ぼう。

俺は人生の先輩である男達に酒を奢《おご》り、食堂を後にして部屋へ向かった。

鍵は受付を通った時に、カイネさんの旦那さんと思われる男性から受け取った。カイネさんとは対照的で、少しひょろっとしていた。

部屋に入り鍵を閉めて、俺はベッドに飛び込んだ。

「今日はもう疲れたよ。お腹いっぱいだ」

そのあとなんとか立ち上がり、上着を脱いでねまきに着替えてからしっかりと寝た。

■

「それじゃあカイネさん。行ってきます！」

「はいよ！　気をつけて行ってきな！」

フェルーの街に着いてから六日目。今日は護衛依頼の顔合わせのためギルドに向かう。

依頼者と他の三人パーティーは、一体どんな人達なのだろうか。

ギルドに到着した俺は、ミリアさんに挨拶をする。ちなみに、先日の失恋は頭の中から忘却《ぼうきゃく》した。

「ミリアさんおはようございます！　今日の打ち合わせはどこで行うんでしょうか？」

「おはようございます アレクさん！　打ち合わせは第一会議室ですよ！　もう既に依頼者の方は来ていらっしゃいます！　こちらへどうぞ」

ミリアさんはそう言って案内をしてくれた。

依頼者の方は既に来ているのか。時間には遅れていないが、待たせてしまったな。

案内された部屋のドアをノックして中に入ると、三十代後半の男性が座っていた。

「お待たせしました。初めまして、今回護衛を務めさせて頂きます、アレクと申します。冒険者ランクはDです。よろしくお願いいたします！」

俺は頭を下げた。

「ご丁寧にどうも。私はこの街で服屋を営んでおります、ロイドと申します。今回は支店を開くために王都に向かいます。どうぞよろしくお願いします」

護衛依頼の場合は、依頼者の旅の目的が犯罪目的だと、護衛も処罰されることがあると、ミリアさんに教えて貰った。そのため、依頼者が虚偽の依頼を行わぬよう真偽の水晶で確認を行うらしい。

「他の三名の方が来てから詳細な打ち合わせを行いましょうか」

ロイドさんがそう提案したため、俺は席に着きパーティーの人達を待った。

待つこと三十分。ようやく会議室の扉が開く。

入ってきたのは金髪イケメンの男性と、二人の美人女性だった。

「すまない！　遅れてしまって。昨夜少し忙しかったものだから、朝起きれなくてな！」

定刻から二十分も過ぎているというのに、笑いながら謝罪されても許す気にならない。

今の発言で、女性二人の頬が赤く染まってるのも許せないぞ。

「そうでしたか。遅れてしまったものは仕方ありません。早速ですが、打ち合わせを行いましょうか」

ロイドさんの一言で遅れてきた三名も席に着き、自己紹介が始まった。

「僕の名前はユーマ！　パーティー金の剣のリーダーで、冒険者ランクはDさ！　そこのオーガキングを倒したとか嘘をついているやつと同じなのは、癪《しゃく》に障《さわ》るけどね」

どうやら俺がオーガキングを倒したことを知っているらしいが、嘘だと思っているみたいだな。

あれだけ苦労して倒したのに、嘘つき呼ばわりされるとは悲しくなるな。

続いては赤髪のショートヘアーの女の子。

「私の名前はリゼ。ユーマと同じDランクで、職業は『アーチャー』よ」

リゼさんね。『アーチャー』ってことは弓使いなのか。

次が巨乳のお姉ちゃん。

「私はリンカです。えっと、ユーマさんとリゼさんと同じDランクで、職業は『僧侶』です。よろしくお願いします」

『僧侶』ってことは回復魔法とか使ってくれんのか。じゃあ俺は、攻撃に専念してもよさそうだな。

全員の自己紹介が終わると、本格的な打ち合わせが始まる。

御者は誰がやるのか、野営時の見張りはどうするのか。スムーズに進むと思っていたが、なかなか上手くいかない。原因はユーマだ。

「僕達はパーティーだから、御者をやるなら三人一緒にやりたいんだけど、そんなスペース無いだろ？　だから君がやってくれ」

「見張りなんていらないさ！　モンスターが襲ってきたらその時に倒せばいい！」

「各自荷物は自分達の分を運ぼう！　それが一番公平だろ？」

こんな感じで、わがまま言い放題だった。

女性陣もただ相槌《あいづち》を打っているだけで、何の役にも立たない。

ちょっとムカついたからユーマに『鑑定』をかけてみたのだが、ステータスは軒並みD－以下で、スキルも三個しか所有していなかった。これでよくDランクになれたなと思ったが、ユーマの運はS＋だったので、よっぽど運が良かったのだろう。

話し合いの結果、御者はロイドさんと未経験者の俺で引き受けることになり、見張りは俺が一人で行うこととなった。

打ち合わせが終わると、すぐに三人は会議室を出て行ってしまった。

俺はなんだか申し訳なくなり、ロイドさんに謝る。

「なんだかすみません。私がもっと強く言えれば良かったんですが、なにぶん初めての依頼でして……」

「いえいえ。私も少ない依頼料で護衛を雇うしかなかったものですから。大変かもしれませんが、明日はお願いします」

ロイドさんは新店舗を作るために出費がかさんでいるらしく、Ｃランク冒険者を雇うことが出来なかったみたいだ。質の低い冒険者が来てしまっても、仕方ないと思っていたらしい。

明日は俺が頑張るしかないか。


「カイネさん、一週間お世話になりました！」

翌朝、一週間お世話になったロンロン亭で、カイネさんに挨拶をする。

グリグリをされたのは勿論あの日だけで、それ以降は普通の優しいお姉さんだ。

「気にすることは無いよ！　それより護衛の依頼が無事に終わっても、気を緩めるんじゃないよ？学園の入学試験が本番なんだろ？」

「分かってます！　頑張って合格して、休みが取れたらまた遊びに来ますね！」

最後の挨拶を交わして外に出ようとした時、俺を引き止める声がした。

「待ちな」

振り返ると、ヒョロっとした男性が小さな鍋を抱えて立っていた。カイネさんの旦那さんで、ロンロン亭の料理人のデブロさんだ。

「これ、持ってきな」

デブロさんは俺に、シチューの入った鍋を渡して、また厨房へと戻っていった。

「あの人も心配してるってさ。気をつけるんだよ？」

カイネさんにそう言われて、なんだか胸の奥が温かくなって、涙が出そうになる。

俺は泣くのを堪え、頂いた鍋を急いで『収納』する。その瞬間、カイネさんの目の色が変わった。

「あんたそれ……アイテムボックスかい？」

「え？　あぁこれですか？　『収納』っていうスキルです！　意外と便利なんですよこれ！」

軽く返事をすると、カイネさんは俺に目線を合わせてしゃがみ、小さな声で俺に語りかけてきた。

いつにも増して真剣な表情をするカイネさんに、俺も緊張してしまう。

「いいかいアレク。あんたは子供だから分かんないかもしれないけどね、アイテムボックスっていうのは、冒険者や商人からしたら、喉から手が出る程欲しいスキルなんだよ。重さを感じることなく、大きな荷物を運べるんだからね。『収納』ってのは聞いたことがないけど、同じようなスキルなら、あまり他人に見せるようなことはしちゃいけないよ？　無理やり奴隷《どれい》にされちまうかもしれないからね」

俺はカイネさんの忠告を聞いてゾッとした。冒険者ギルドを訪れた初日に、ミリアさんの目の前で『収納』からオーガキングの魔石を取り出したからだ。

あの時はオーガキングの魔石に目がいってたから、皆忘れてるのかもしれない。今後は不用意に『収納』を使うのはやめておこう。

「そうだったんですね……これからは周りを見てから使うようにします。カイネさん、ありがとうございます」

少し落ち込んでしまった俺の頭を、カイネさんがワシャワシャしてきた。

「お前が偉くなったり、強くなれば誰も手出し出来なくなるさ！　そうなるまでの我慢だよ！　頑張んな！」

「……はい！」

励まされた俺は、元気を取り戻しロンロン亭を飛び出す。

いつかきっと偉くなって、強くなって、ここに戻ってこよう。それで、ボア煮込みのシチューをたらふく食べるんだ。

俺は街の入り口へと向かう。

出発まであと二十分程あるが、時間に遅れないのは社会人の常識だからな。

街の入り口では、既にロイドさんが馬車の側に立っており、荷台のチェックをしていた。

「おはようございます、ロイドさん！」

「おはようございます、アレクさん。今日はよろしくお願いしますね」

俺も荷台のチェックを手伝い始める。

チェックが終わってから三十分後、ようやくあの三人がやってきた。遅れているのに走ってくる様子は無く、ゆっくりとこちらに向かってくる。

俺は流石にしびれを切らして突っかかってしまった。

「ユーマさん。集合時間から既に四十分も経ってますよ？　ロイドさんに失礼だと思わないんですか？」

するとと、金髪イケメン野郎はムッとした表情で言い返してくる。

「四十分くらいいいだろう。それに、君に言われる筋合いは無いね！　どうやって真偽の水晶を欺《あざむ》いたか知らないけど、僕は騙《だま》せないよ。Dランクの実力なんて無いくせに、僕と対等だと思わないことだ！」

そう言うと、他の二人を引き連れて馬車に乗り込んでしまった。

確かに採取依頼はやったことが無いからなんとも言えないが、モンスターの討伐に関しては四年以上もやってきているんだ！　舐《な》めるんじゃない！

心の中で叫びながら、俺は御者席に座る。

「冒険者の実力は俺の方が上でも、人生では負けてるんだよな……」

後ろの席でイチャイチャしている三人を見て、悲しい気分になる俺だった。


王都に向けて馬車が出発してから、約二時間が経過した。

俺はロイドさんに馬車の操縦方法を教えて貰って、なんとか御者としての役目を果たしているところだ。同時に『探知』を使い、馬車の周辺にモンスターが近づいてこないか何度も確認している。

それなのに後ろの御三方ときたら、相も変わらずいちゃいちゃしていた。

「リゼ、王都へ行ったら指輪をプレゼントするよ。君の瞳のように、美しい真紅のルビーの指輪をね」

「ユーマったら……ほんとに？」

「あぁ本当さ。リンカにも勿論指輪を贈るよ。君の心のように透き通ったダイヤの指輪を」

「ユーマさん……」

ずっとこんな感じだ。

俺とロイドさんはもはや空気。これじゃどっちが依頼者か分からない。

俺は後ろの三人にも聞こえるよう嫌味を言う。こうでもしなきゃやってられん。

「ロイドさん、すみません。定刻通りに出発出来ていれば、二日で王都に着いたと思うんですが。もしかしたらもう一日かかるかもしれません」

「仕方ありませんよ。アクシデントは付き物ですから。無事に王都へ着くことが出来れば問題ありません」

なんて優しい人なんだろう。俺だったら間違いなくクレームを出している。

すると、後ろからリゼさんがつっかかってきた。

「なによあんた！　私達が悪いって言いたいわけ？　早く着きたいなら昨日のうちに出発すればいい話じゃない！　ね、リンカ？」

「そ、そうですよ。リゼさんの言う通りです！」

どう考えてもお前らが悪いだろ。可愛いからって何でも許して貰えると思うなよ？

そう思いながらも、なかなか言葉に出せない俺。

異世界の女性のレベルは高すぎる！　何でこんなに可愛いんだよ。

「リゼとリンカの言う通りだ。そもそも、僕に護衛して貰えることを感謝した方がいい！　僕は将来、英雄になる男だぞ？　四十分の遅刻ぐらい許すのが当たり前だろう！」

ユーマの言葉に、俺は呆れて何も言えなくなってしまった。

職業が『勇者』とかならまだしも、たかが『剣士』だろ？

リゼさん達二人は、こんな男のどこがいいんだろう。


「ここら辺にしましょうか」

時刻は既に十八時。日は沈み、俺達は野営の準備をしていた。

ロイドさんと御三方は、それぞれが持ってきたテントを張っている。

俺は少し離れた位置に開けた場所を見つけたので、そこで寝ることに決めた。

「よしここでいいか。『土壁《アースウォール》』！」

俺は『中級土魔法』の『土壁《アースウォール》』を活用し、簡易的な家を建てる。

この魔法を使い始めたのは、十歳になった頃だ。

森の入り口付近に小屋を造って寝泊まりしたら、効率よくスキル玉集めが出来るようになった。

屋敷に帰るのも月に一度とかだったし。凄く便利な魔法だ。

「うわ！　こんな見事な魔法を使えるなんて、アレクさん凄いですね！」

自分のテントを張り終えたロイドさんがやってきて、褒めてくれた。

よく考えると、誰かに自分の魔法を見せたのは初めてだな。やっぱり褒められるのは気分がいい。

「よろしければロイドさんの分も造りましょうか？　魔力はまだ余裕ですし」

「え！　良いんですか？」

「勿論です！　この方がモンスターに奇襲されることも無いですし、依頼主の身の安全を守るのが護衛の役目ですから！」

「そうですか。ではお言葉に甘えて、お願いします」

俺はロイドさんのために、土の家を建て始める。すると後ろから怒鳴り声が聞こえた。

「おい！　お前！」

お前なんて人はこの場に居ないため、誰も返事をしない。

「おい！　聞いているのか！　おい！」

怒鳴り声の主はどんどんと近づいてきて、俺の肩を掴んだ。

「なんですかユーマさん。何か用事ですか？」

「さっきから声をかけていただろう！　この建物を造ったのはお前か？」

ユーマは俺が作った建物を指差し、尋ねてくる。

「そうですけど。だめでしたか？　道からは外れていますし、問題ないと思いますが」

「問題は無い。だから僕達の分も造れ。大きいのをな！」

「は？」

ユーマの意味不明な命令に、思わず間の抜けた声を上げてしまう。

なぜそんなことをしなきゃいけないんだ。自分のテントがあるんだし、それで十分だろ。

「は？　じゃない！　今回の護衛任務は僕がリーダーだ！　その建物があれば、モンスターからの奇襲を防ぐことが出来る。君は護衛メンバーの安全も考えられないのか？」

なんだかもっともらしいことを言うユーマだが、そもそもリーダーなんか決めていない。

奇襲に関しては見張りを置けばいいのに、いらないと言ったのはそっちじゃないか。

ユーマの後ろからリゼが追撃をしてきた。

「別に建てなくてもいいわよ？　その代わりギルドには、任務に非協力的だったって報告させて貰うから！」

流石にそんなことを言われたらどうしようもない。

こっちは登録して一週間の新人なのに対して、向こうは腐ってるとはいえ、経験を積んだDランク冒険者だからな。ギルドがどっちの意見を信じるかなんて、分かりきっていることだ。

「はぁ。分かりましたよ。その代わり気を緩めないで、外には注意してくださいね？　この建物もあまり強度はありませんから」

俺はしぶしぶ、三人のために魔法を行使する。

完成したものを見て、リゼが「なかなかやるじゃない」と言ってくれたことだけが救いだ。

その後、食事は別々に取ることになったおかげで、俺は周囲の視線を気にせず、ボア煮込みのシチューを『収納』から取り出すことが出来た。

夜は、俺が一人で見張りをすることになった。

見張りと言っても、ロイドさんの小屋の近くで焚火《たきび》をしながら、『探知』スキルで周囲にモンスターや盗賊がいるかどうかを確認するだけだ。

結局、朝まで危険なことはなかった。まぁ別の敵が襲来していたが。

「あっ……んっ……ユーマさん……」

「素敵だよリンカ」

「ユーマ、早く……私も……」

一晩中、近くの建物から肌と肌がぶつかり合う音と、いやらしい女性の声が聞こえたため、俺は精神をすり減らしながら朝を迎えたのだった。

朝食後、俺が建物を壊そうとしていると、ユーマが声をかけてきた。

「もしかして、壊してしまうのか？　だったら残しておいた方がいい。この道を通る人は少なくない。少しでも安全な野営地を残しておけば役に立つ」

初めてコイツにまともなことを言われたかもしれない。

確かに、野営地としてだけでなく休憩所として使えるしな。

「私は別にいいんですけど……勝手に残しておいて良いんですかね？」

「僕がギルドに話を通しておこう。そうすればきっと大丈夫さ」

そう言ってユーマは馬車へと乗り込んでいく。

やっぱり腐ってもDランクなんだな。皆のことを考えて行動出来る大人の冒険者だ。

少しユーマを見直した俺は、家を壊すことなく御者席へと乗り込み、再び王都を目指し、馬車を進めた。


「――では、身分証明書の提示を」

「はい。ステータスカードです」

やっとの思いで、俺達は王都の関所に着いた。

昔家族で来た時に、護衛がステータスカードを提示していたように、俺もステータスカードを提示する。今回は全員がカードを見せる必要があるらしい。貴族じゃないからかもな。

「王都へは何をしに？」

「私の服屋の支店を開くため、その打ち合わせをしに来たのです」

ロイドさんがそう言うと、衛兵は再度ステータスカードを見て、問題がないかを確認する。

ステータスカードを見ただけで問題の確認など出来るのだろうか？　自分で表示したい部分を操作出来る時点で、信憑性《しんぴょうせい》などないと思うのだが。

「よし！　問題はないな。通って良いぞ！」

衛兵が道を開け、俺達はようやく王都に入ることが出来た。

「皆さん、ここまでありがとうございました。私はこのまま支店候補の場所に向かいます。依頼達成のサインは記入しておきましたので」

ロイドさんが、ユーマに依頼達成のサインが記された書類を渡す。

「承知した。僕達はこのままギルドへと向かう」

そして俺達はギルドへ歩いて行くことになった。

以前だと、馬車でそのまま別邸に向かっていたからな。王都の街並みをゆっくり見る機会はなかった。こうして見ると市場も賑やかだし、活気があるのが目に見えて分かる。

十分程歩くと、ギルドと思《おぼ》しき大きな建物に着いた。

やはり王都だけあり、フェルーの街のギルドより遥《はる》かに大きい。中は少し酒の匂いがしたものの、清潔な雰囲気だった。

俺達はユーマを先頭に、受付に進む。

「Dランク冒険者のユーマだ。護衛依頼の達成報告にやってきた。これが依頼達成のサインだ。確認をしてくれ」

「お疲れ様です、依頼の達成報告ですね！　確認させて頂きます。……はい、確認出来ました！　では皆さん、冒険者カードを提出してください」

俺達は受付のお姉さんに促され、冒険者カードを提出する。

机の下で何か処理をしたのか、すぐにカードは返却された。

「以上で報告は完了になります。達成料は一人金貨一枚になります！　それでは皆さんお疲れ様でした！」

無事に報奨金を受け取ると、ユーマは続けて、俺が造った建築物について報告を始めたのだが──

「それともう一つ！　フェルーの街からここまでの道中に、野営用として小屋を建てておいた！　四方を土の壁で囲って屋根もついている！　入り口に気を配っておけばモンスターからの奇襲は防げるはずだ！」

なぜか、自分が造ったかのように話している。

正直イラッとしたが、ここで何か言ったところで、黙って見ていることにした。

「本当ですか？　とてもありがたいですね！　今後、道を利用される方に重宝《ちょうほう》されると思います！　どなたが造ったんですか？　ユーマさんもリゼさんもリンカさんも『魔導士』じゃないから、土魔法は使えませんよね？」

「こちらのアレクが建築したものだ。土魔法を使えると聞いて、僕が指示を出して建てて貰ったのだ！　勿論モンスター除《よ》けも施してあるぞ！」

モンスター除け？　そんな記憶はないのだが……まぁいいか。

すると、受付のお姉さんが感謝の言葉を述べてくれた。

「アレクさん、ありがとうございます！　土魔法で小屋を造るなんて発想、今までありませんでした！　これで野営がより安全になるでしょう！」

「勘違いするなよ！　僕が指示を出したから小屋が出来たんだ！　感謝するなら僕にすべきだ！」

ユーマは、お姉さんが先に、俺に感謝したのが癪に障ったらしい。

「分かっていますよ。ユーマさんもありがとうございます。今回のことは、上にも報告させて貰いますので。運が良ければ謝礼が出るかもしれません」

謝礼と聞いて、ユーマ達はすぐに気分を良くして、それ以上文句を言うことは無くなった。

「報告は以上でよろしいでしょうか？」

「あぁこれで終わりだ。それじゃあしっかり報告しといてくれよ！」

そうして俺達はギルドを後にする。正直、初めての依頼がこんな感じでモヤモヤしているが、無事に達成出来たからよしとするか。

俺達はギルド前で別れ、別々に歩き出す。

宿を探さなければならないから市場に行こうと思った時、後ろからリゼの声が聞こえてきた。

「やったねユーマ。上手くいって」

「そうだな。昨日の君はいつもより凄かったからな」

「ば、ばか！　だっていつも野営の時は出来ないじゃない。でも昨日は良い場所造って貰ってさ、スリルっていうのかな、凄く感じちゃった……」

「全く。リゼがそんなこと言わなければ壊しても良かったが。また今度あそこを使う時は、もっと凄いことをしてあげるよ」

ユーマ達があの小屋を残した理由。それは人のためではなく、自分達のためだった。

「グスッ……良いんだ。俺にだって……いつか……」

俺は涙を拭きながら市場へ向かうのだった。


王都に着いた翌日。俺は装備屋グロッグスを目指し、トコトコと歩いていた。

昨日、市場でオススメの宿を聞いて回った結果、夕暮れの月、という宿に泊まっている。

オムレツが有名で、昨日食べてみたが、卵がトロットロでめちゃくちゃ美味しかった。

ところで、王都にやってきた本来の目的、ウォーレン学園の入学試験についてだが、試験から合否の決定までは一週間程かかる。

そのため、この宿には最低でも二週間、泊まるつもりだ。合格すればウォーレン学園の寮に入るため、その場合は入学式の日まで宿で過ごすことになる。

「グロッグス、グロッグスと……あった！　ここか！」

俺は看板を見つけてお店に入る。

壁には武器、防具、そして袋がかけてあった。店員さんは居ないみたいだ。

「すみませーん！　装備を買いに来たんですけど！　どなたかいらっしゃいませんかー？」

誰も出てくる気配はない。

しばらく店内を見てから、もう一度声をかけてみることにしよう。

フェルーの街で金に余裕が出来た俺は、新しい剣を購入しに来たのだ。

オーガキングとの戦いで、武器の重要性は十分に理解していた。

基本的にこの世界の剣は前世と同じ、鉄などの鉱石で出来ている。しかし中には、前世には無かった鉱石が用いられているものもあった。

例えばヒヒイロカネやオリハルコン、アダマンタイトなど。どれも希少な鉱石であるため、手に入れるのは容易では無い。

俺は壁に立てかけられた剣を一つ一つ『鑑定』していく。

やはり鉄や鋼の剣ばかりであったが、魔鉱の剣というものを見つけた。


【魔鉱の剣】

魔鉱で出来た剣。通した魔力の量で剣の切れ味・強度が変わる。使用すればする程、所有者の魔力と馴染《なじ》んでいく。


魔鉱とは、ダンジョンの中で採れる鉱石で、魔力を通しやすい性質を持ち、杖の素材としても使

われるはず。

実際に使用してみたことは無いが、なかなかいい剣では無いだろうか。

この剣を購入しようと決めた俺は、もう一度店の奥に向かって声をかける。

「すみませーん！　剣を買いたいんですけど！　どなたか居ませんか！」

「うるせぇな!!　聞こえてんだよ！」

店の奥から怒鳴り声がして、長い髭《ひげ》を生やした、小さなおじさんがやってきた。もしかしてドワーフか？

「すみません。この剣を買いたいんですけど、いくらでしょうか？」

俺が魔鉱の剣を指差し尋ねると、おじさんは少し渋い顔をした。

「魔鉱の剣か。値段でいやぁ金貨十枚ってとこだな。ただお前さん、見たところガキじゃねえか。この剣は魔力が多い奴にとっちゃ、ヒヒイロカネの剣にも引けを取らねーが、それ以外だと鈍《なまくら》にしかならねーぞ？」

「それなら大丈夫です！　こう見えても私、魔力の量には結構自信があるんで！」

オーガキングを倒してレベルが上昇したのと『魔力上昇（中）』のスキルとが相まって、俺の魔力は２２００程ある。これくらいあれば、余程のことがない限り大丈夫だろう。

「そうかい。だがなぁ、俺も鍛冶師《かじし》として、作ったもんはちゃんと使って貰いてーんだよ。疑ってるようで悪いが、ちょっと待っててくんな」

そう言っておじさんは、また店の奥へと戻っていく。しばらくして、一塊の鉱石を持ってきた。

「これはアダマンタイトって言って、ここら辺で採れる鉱石の中じゃ、最強の硬さを誇ってる。お前さんがその剣でこいつを切れるんだったら、お代はいらねー、持って帰んな。もし切れなかったら、きっかり金貨十枚貰うぜ。覚悟がねーなら別の剣にしときな」

おじさんはニカッと笑い、鉱石を俺に向かって投げた。

つまり試し斬りしてこの剣が折れたら、金貨十枚払って、別の剣を買えってことか。

ここまで言われて黙ってはおけない。

「分かりました。やらせて頂きます」

おじさんは移動して、安全な位置で試し斬りを見守っている。

俺は魔力を剣に通していく。

最強の強度って言ってたし、こっちもめいっぱい魔力を込めてやる。

俺は限界まで魔力を込めた剣を握りしめて、鉱石を上に放り投げた。

落下してきた鉱石に渾身の一撃を振るう。

スッ。

なんの音もしなかったため、俺は無事に切れたと確信して顔を上げる。

するとそこには、真っ二つに割れた鉱石があった。

「やりました！　切れましたよ！」

「やるじゃねーか！　まさかアダマンタイトをぶった切っちまうとはな！　お前さん、相当の魔力の持ち主だな。こんな切れ味初めて見たぜ」

俺は鉱石を切れたことと、褒められたことで嬉しくなる。

お代はいらないって言ってたけど、しっかり払っておこう。

「じゃあ買わせて頂いても良いですね？　金貨十枚です！　あと鞘《さや》も購入したいんですけど」

「お代はいらねーって言ったろ？　それに鞘もサービスしてやるよ！」

「でも、鉱石切っちゃいましたし」

「そう思うなら、また別の商品を買いに来い！　それで今回のはチャラでいいさ。お前さんはきっと大物になるからな！」

ガハハハと大声で笑うおじさんを見て、俺は幸せな気分になった。

そこでふと、カイネさんに言われたことを思い出して、壁にかかった袋を指差す。

「あの壁にかかってる袋ってなんですか？」

実は既に『鑑定』していて、収納袋と分かっていたが、知らぬ体《てい》で尋ねてみた。

「あれは収納袋だ。見た目よりも量が一杯入るんで、冒険者や商人の間で重宝されてんのさ。ダンジョンの階層ボスの、討伐報酬として出てきたもんを買い取ってんのよ。と言っても、容量が多いもんは貴族様や王家に取られちまうけどな！」

そんな物があるのか。それがあれば、『収納』スキルを使っても怪しまれることはなさそうだな。

容量について聞かれたら嘘つけばいい話だし。

「じゃあ、容量少なめで良いので一つください！」

「買うのか？　少なめでも白金貨五枚はするぜ？」

白金貨五枚か。全財産の約五分の一だけど仕方ない。『収納』スキルを怪しまれず使えるように出来るなら安いもんだ。

「大丈夫です！　一つお願いします！」

「そうかい。ほら、こいつが一番容量が小さいやつだ。あと、鞘はこいつを持ってきな！」

おじさんから袋と鞘を受け取り、俺は白金貨五枚を渡した。

鞘はシンプルな装飾だがとても綺麗だ。

「ありがとうございます！　助かりました！」

「良いってことよ。お前さん、名前はなんて言うんだ？」

「名前ですか？　アレクです。おじさんはなんて言うんですか？」

「俺はグロッグだ。おじさんていう年でもねーがな。良いかアレク、冒険者になりてーんだったら『私』なんて言うのやめろ。貴族の護衛とかする時には必要かも知れんが、他の冒険者に舐められるぞ。出来れば敬語もやめた方がいいと思うぜ」

俺は、フェルーの街でのことを思い出す。

ベスターは、俺が子供ということで心配して声をかけてくれたが、そうでなきゃ普通は舐められてるはずだ。

「ご忠告ありがとうございます。今後は舐められないように頑張ります！」

「おう！　頑張れよアレク！」

俺は店を出て、市場へ向かって歩き出した。

この世界のおじさん、おばさんは皆、良い人ばかりだな。

俺はカイネさんを懐かしく思い出していた。


武器を新調した翌日。

俺は王都のギルドへと歩を進めていた。

入学試験が六日後に迫っているため、鍛錬を兼ねて依頼をこなそうと思ったからだ。

ギルドに到着して改めて外観を見てみるが、やはり大きいし綺麗だ。

先日ユーマ達と来た時とは違い、一人でギルドの中へ入ったが、別段睨まれたりはしない。やはり学園があるというのは大きいのか。

依頼が貼ってある掲示板へ向かい、良い条件のものが無いかを探す。

モンスター討伐系の依頼が良いな。報酬も多いし、なんせスキル玉を入手するのに効率が良い。

そこで俺の目に留まったのは、月魔草《げつまそう》の採取依頼だった。

(そういえば、採取依頼はやったことなかったな)

対象ランク：D以上
依頼内容：月魔草を十本、採取してきて欲しい。根が綺麗に残っていること。
依頼報酬：金貨十枚
依頼者：サンフィオーレ魔具店

金貨十枚も貰える。とりあえずこれを受けてみよう。

道中でモンスターを狩って、試験に備えれば一石二鳥だ。俺はそう考え、掲示板から依頼書を剥《は》がし、受付に持っていった。

「すみません。この依頼を受注したいんですけど」

「依頼の受注ですね！　月魔草の採取、対象はDランク以上と……冒険者カードの提出をお願いします」

俺は言われた通りに冒険者カードを提出する。

「ありがとうございます。アレクさんですね！　ランクはD、受注条件は満たしています。採取依頼は初めてのようですので、少し確認をさせて頂きますね」

初めてだって分かるのか。カードに情報が載ってるのか？　意外とハイテクだな。

「大丈夫ですよ。なんの確認ですか？」

受付のお姉さんはにこりと笑ったまま、鋭い口調で質問をしてきた。

「月魔草がどういった場所に生えているか、ご存知ですか？　また見た目をご存知ですか？」

「……いえ、知らないです」

そういえばそうだ。俺には何にも情報がないじゃないか。

それなのに採取依頼を受けるとか、舐めてるにも程がある。

『鑑定』のスキルがあるから、見た目を知らなくても問題は無い。しかし場所は別だ。

受付のお姉さんも、若干怒っている気がした。

「そうですか。殆どの人は、Fランクの採取依頼でこういったことを学ぶんですけど、アレクさんは飛び級のようですし、仕方ありません。ですが、その甘えで命を落とすこともあるので気をつけてください」

「……はい。ごめんなさい」

まさか二十代くらいのお姉さんに説教される羽目になるとは。こっちは精神年齢おじさんだぞ。

流石にメンタルに来るものがある。

前世では、ミスや失態は甘んじて受け入れることが出来た。というか、こんなミスはしなかった。

仕事を行う場合は、必ず情報を確認してから作業を行っていた。

この世界で若返ってから、どこか抜けている気がする。

（精神が肉体に引っ張られるとかあるのか？　もう少ししっかりしないと）

「今回は私が教えますが、次からは、ギルド内の資料で確認してくださいね？　月魔草は、ここから三日程離れた湖周辺に、群生地があります。月明かりが当たる場所にしか生えません。Dランクのモンスターが沢山出ますので、その対策も必要になります」

ここから三日？　行って帰ってきて試験に間に合わなかったらアウトじゃないか。

折角綺麗なお姉さんに、怒られながらも情報を教えて貰ったっていうのに。仕方ない、この依頼を受けるのはやめよう。

「じゃあ、あの、受けるのやめます。すみません……」

「分かりました。冒険者カードをお返しします」

俺はカードを受け取り、収納袋にしまう。

「アレクさん。冒険者にとって、知識と情報は大事な武器です。無知と無謀は死を招くことを忘れないでください。今回のことを忘れず、これからも頑張ってください！」

「……はい」

最後に元気づけられた気もするが、終始説教をされている気分だった。

メンタル崩壊寸前だった俺は掲示板に戻ることなく、ギルドの入り口へ向かった。

本当なら資料を見に行って勉強しなきゃいけないんだが、そんな気にもならない。

「今日は帰って寝よう」

ギルドを出て、通りをトボトボと歩く。

宿に直行しようと思ったが、さっき依頼書で見た、サンフィオーレ魔具店というお店を思い出した。魔具店ってことは、魔道具とか売ってるのかな！

俺は、さっきまでの落ち込みようはなんだったんだというぐらい元気になり、魔具店を探すために市場へと走り出す。

お店の場所を知らないから、まずは市場で教えて貰うことにしよう。

「――ここが、サンフィオーレ魔具店か」

市場のおじさん達から肉や野菜を購入し、場所を聞き出した俺は、早速店を訪れた。

え？　普通に聞けば良いだろうって？

教えてくれなかったんだよ。ただじゃ教えねーってさ。

見た目は普通のお店だ。いかにも魔女が出てくるようなお店を期待したんだけどな。

まぁ魔道具が見れるんだったら問題ない！

扉を開けて中へと入っていくと、薬草の匂いが漂ってきた。

「いらっしゃい。何をお求めかしら？」

声のした方へ目を向けると、とんでもなく綺麗で、耳の長い女性がカウンターに座っていた。

（あの耳！　間違いなくエルフだ！　本当にいたんだ！）

書物に書いてあった通りの耳の形を見て、エルフだと決めつける俺。

感動していると、女性は椅子から立ち上がり、こちらに向かって歩いてくる。そして俺の前でしゃがみ込んで、目を見つめてきた。

これはもしかしたら、可愛い子ねウフフ……的な展開が待っているかもしれん！

「聞こえなかった？　何を買いに来たの？」

全然違った。ただお馬鹿な子に思われてただけだった。

「あ、あの魔具店って初めて聞いたので、何が売ってるのか気になって」

「あらそうなの」

彼女は立ち上がり、カウンターへ戻っていく。よく見ると乳が無……なんでもない。

「うちのメインの商品はポーションなの。後は杖かしらね」

確か体力を回復するポーションと、魔力を回復するマナポーションがあったな。

それと杖か。杖は使わないんだよな。

普通、魔法を行使する場合に使うらしいけど、俺には杖を使うメリットが見当たらない。

杖が無いと魔法を発動出来ない人は、杖が壊された時、奪われた時、無くした時どうするんだ。

「魔道具は売ってないんですか？　俺、魔道具を見たことが無くって」

フェルーの街でランギルさんに聞いてから、魔道具には興味があった。

「魔道具？　ここには置いてないけど、貴方使ったことが無いの？　蛇口とかも魔道具よ？」

「え？　そうなんですか？」

話を聞くと、貴族の家庭に用いられている蛇口やコンロは、実は魔道具らしい。

魔石には種類があって、蛇口には水の魔石が使われている。

どういう原理かは知らないが、水路を引いてなくても水が出るらしい。ただし交換が必要で、一か月に一度は交換しなければならない。

コンロには火の魔石が使われており、火元がなくても火が出るようだ。こちらも交換は必須で、蛇口よりも値段が張るらしい。

「あとはそうね、一番大きいものだと最近出来た、魔空挺《まくうてい》かしらね。無属性の魔石が使われるのよ。帝国と王都を行き来する時に使ってて、乗るには貴族の推薦が必要らしいけど」

そんなものまであるのか！

剣と魔法のファンタジー世界だって聞いていたから、科学の進歩は期待していなかったけど、どうやら魔法で代替出来るみたいだな。そのうち携帯電話なんかも出来るかも。

「そうなんですね！　凄いなー魔空挺。いつか乗ってみたいなー」

「そんなことより、なにか買っていきなさいよ？　ここまでの話のお駄賃《だちん》にね」

忘れてた。

流石にここまで話して貰って、何も買わないのはまずいな。

「じゃあポーションとマナポーションを、一つずつください」

「はい、ハイポーションとハイマナポーション。二つずつね。合計金貨二十枚になりまーす！」

お姉さんは、装飾がちょっと豪華な瓶を四つ、カウンターに並べた。

「え！　頼んだのは普通のなんですけど……」

「いいじゃない。貴方、学園の入学志望でしょ？　これからモンスターと沢山戦うことになるんだから、持っといて損はないわよ！」

ぼったくりだ。完全にぼったくりだ。俺が女性に耐性が無いからって、高いやつ押し付けやがって。無い乳のくせに、この野郎。

「三つずつだっけ？」

「……いえ、二つずつで大丈夫です」

俺の心を読んだのか。顔は笑っているが目は完全に鬼の目つきだ。

もっと高い物を買わされても嫌だし、勉強代だと思っておこう。

俺は収納袋から白金貨二枚を出し、お姉さんに渡した。

「あら、素直に払ってくれるのね。そんなに持ってないと思ったのに」

クソ！　言われるがまま払うんじゃなかった！　こんな手口に引っかかるなんて最悪だ。

オーガキングの魔石を売った金ももうそんなに残ってないのに。

「大丈夫、きっと役に立つわよ。私の勘がそう言ってるから！」

まぁ無いよりはマシか。もしかしたらお姉さんが言うように、役に立つかもしれない。

学園に行けばそのうち使うことになるだろう。

「色々とありがとうございました。それじゃ」

「あー待って！　貴方名前は？」

帰ろうとする俺を引き止めて、お姉さんが聞いてきた。

「アレクです」

「アレクね！　覚えたわ！　私の名前はフィーナよ。今後ともよろしくね？」

俺が素直に答えたのを聞いて、ニマーッと笑うフィーナさん。

その顔を見て、彼女のぼったくれるリストに名前を記された、と確信した。

お店を出て、俺はポツリと呟く。

「……もう二度と来るもんか」

■

フィーナさんにぼったくられた翌日、俺はギルドに出向き、資料を利用して、薬草の群生地や見た目を覚えることに時間をかけた。

モンスターの習性や弱点などを記載した書物もあったため、なるべく多くのモンスターについて記憶するよう努力した。

その翌日は、俺はFランクの採取依頼である薬草の採取を受注して、森に入った。

モンスターは意識せずに、必死になって薬草探しに励んだ。

勿論安全のため『探知』を使っていたが、『鑑定』は用せず、自分の知識だけで薬草を採取出来るかやってみたのだ。一応、上手く選ぶことが出来たからよしとしよう。

それから数日、採取依頼と討伐依頼を交互に受注し、Dランク依頼の達成件数は、護衛依頼を含めて三つになった。

ちなみに討伐したモンスターはオークだ。本当は魔法系スキルを上昇させたかったので、ゴブリンメイジを倒したかったのだが、依頼が無かった。

そして、遂に入学試験が明日に迫り、俺は柄にも無く、教会へ神頼みに来た。

少しあがり症なところがあるので、明日の試験が上手くいくようにと願うのだ。まぁその神はアルテナなのだが……。

教会に入ると、『鑑定の儀』の時みたいに人はおらず、神父様の姿も無い。

俺は一人、御神体の前に進んで目を瞑り、膝をついて祈りをささげる。

すると少しして、聞き覚えのある声がした。

「やっほー！　久しぶり！」

顔を上げるとアルテナが立っている。どうやら、いつもの空間に呼ばれたみたいだ。

実に四年八か月ぶりの再会だ。

「久しぶりだな。元気にしてたか？」

「元気元気！　もう元気すぎて困っちゃうよ！」

力こぶを作るようなポーズで答えるアルテナ。

しかしそんなやり取りも束《つか》の間、アルテナが突然口を押さえ、笑いを堪え始めた。

「どうした？　なにか面白いことでもあったのか？」

俺がそう尋ねると、笑いを堪えられなくなったアルテナはとうとう噴き出し、声を出して笑い始めた。

「アハハハ！　面白いこといっぱいあったよ！　まず人妻に恋をする君、自分で造った小屋を夜の営みに使われて泣く君、精神年齢が年下の子に説教される君。思い出しても……ぷぷ」

俺が経験した辛い思い出を、勝手に振り返り始めた。

胸の奥にヒッソリとしまい込んでいた過去を無理やりこじ開けられ、たまらず目を背《そむ》ける。

「うるせぇよ。いいだろ別に」

「アハハごめんごめん！　それにしても強くなったね！　オーガキングを倒した時は思わず感動しちゃったよ！」

さっきまで大笑いしていた人に言われても説得力は無いが、褒められるのは悪い気がしない。

「まぁ、色々頑張ったからな。毎日森に通ってスキル集めてさ」

「うんうん。見てたから分かるよ。ほんとに頑張ってたね！」

アルテナは腕を組み頷いて、「凄い凄い」と言ってくれる。やっぱり見てくれる人がいるっててのはいいもんだな。

しかし急にアルテナが真顔になった。

「でも、まだ足りない」

「え？」

まだ足りない？　強さの問題か？　これでも冒険者の実力としては、Bランク以上だと思うんだが。

「足りないんだよ、今のままだと。もっと強くならなきゃ」

「何が足りないんだよ！　はっきり言えよ！」

はっきりしない態度に俺が業《ごう》を煮《に》やすと、アルテナはやれやれと言った表情で静かに語った。

「本当はこういうのダメなんだけど。可哀想なアレクくんに忠告してあげる。いずれ君の大事な人が大変な目に遭《あ》います。良くて片腕を失うか、最悪死にます」

は？　大事な人が死ぬ？

正直しっくりこなかった。大事な人って誰だ？　カイネさん達か？　でも俺より強いと思うし。

他に大事な人なんて居ないぞ？　アリス達のことか？

「それは直近に起きるのか？　俺に大事な人なんて居るのか？」

アルテナは穏やかな笑みで俺に近づき、頭を優しく撫でてくれた。

「いつ起きるかまでは言えないよ。これでも一応、サービスしてる方なんだからね？　それと君が理解していないだけで、実際は君にとって大事な人だよ」

言い終わったアルテナが光の渦を作り出す。この世界から出るためのいつもの渦だ。

しかし渦に入る前に、聞いておかなきゃならないことがもう一つある。

「もっと強くって、どのくらい強くならなきゃいけないんだよ」

「うーん。少なくとも、オーガキングにギリギリ勝ってるようじゃダメかな！　オーガキング三体同時でも、余裕で勝てるようにならなきゃ！」

相当しんどいことを言うな。一体でもギリギリだったのに。

でも、そうしないと俺の大事な人が最悪死ぬわけだ。

「分かった。なんとかしてみるよ。忠告どうもありがと」

現実世界へと戻り、俺は教会を後にする。

明日の試験のために、今日は早く寝るとするかな。

「あ、試験のことお願いするの忘れてた」

帰り道を歩いている最中に、今日一番しておかなければいけなかったことを思い出す。

アルテナ、聞いててくれないかな？

「……頑張ってね。世界のためにも」

少し悲しそうに、ポツリと呟いたアルテナの声が、俺に届くことは勿論無い。

■

「よし、受験票持ったしペンも持った。忘れ物は無いな！」

ウォーレン学園入学試験当日。

俺は宿の部屋で、荷物の最終確認を行っていた。

受付開始までは三十分程で、ここから学園までは歩いて二十分かかる。ゆっくり向かえば丁度いい時間に着くだろう。

俺は収納袋を腰に提《さ》げて部屋を出る。

階段を下りて受付に向かうと、男性が何か作業をしていた。

「ラディさん！　おはようございます！」

「あぁおはようアレク。もう行くのか？」

この人は夕暮れの月の亭主、ラディさんだ。ぶっきらぼうだけど、話せば優しくて面白い人だ。

「ええ。もう受付が始まる時間ですので。これ鍵です！　それじゃ！」

俺はラディさんに部屋の鍵を渡し、宿を出発した。

心臓の鼓動がいつもよりも数倍速い気がするが、気のせいだろう。

しばらく歩いていると、俺と同年代の子がどんどん増えていく。きっと学園の入学試験を受けに来たのだろう。

親と歩いている子も居れば、馬車で来ている子も居る。きっと貴族様なんだろう。どこかで見た紋章もある気がするけど。

前世で言えば中学生の年代だが、フェルデア王国では十五歳で成人として認められる。だから今は高校生の気分って言った方がいい気もするな。

学園の門に着くと、子供達が皆歩みを止める。

数々の生徒が入園し、競い学び合う歴史ある学び舎《や》。威厳が感じられる。

先へ進むと受付に人が座っており、列が出来ていた。

俺も並び順番を待つ。どうやら受付は二箇所あり、空いた方へ進めばいいみたいだ。

五分程して右側が空き、俺の前に立っていた女性が右側へと進む。

その後すぐに左側が空き、俺はそちらへ進んだ。

「受験票と、ステータスカードの提出をお願いします」

言われた通り、受験票とカードを提出する。

「アレクさんですね。……はい、本人であると確認が取れましたので、ステータスカードをお返しします」

ステータスカードを返して貰っていると、隣で受付をしていた女性がこちらに顔を向けて、小さな声で何かを呟いた。

何だと思い顔を向けると、目が合ってしまった。かなり綺麗な女性で、正直目を合わせているのが辛い。

俺は恥ずかしくなり、一言「どうも」とだけ発して、カードと受験票の控えを手に取り、すぐに試験会場へと向かった。

■

今日は待ちに待った、ウォーレン学園の入学試験。
ここに入学すれば、間違いなく私——アリスは今まで以上に強くなれる。
そしたらきっと見返せるはずだ。私の心を踏みにじったアレクを。
馬車を降りて、学園の門前に立つ。
偉大なる勇者ウォーレンが設立した学園。私が入学するに相応しい。
受付で受験票を提出していた時だった。隣から、聞き覚えのある名前が呼ばれた。
「アレクさんですね」
アレク？
思わず横を向いた。
もしかしたら人違いかもしれない。でも、もしかしたら。

そんな淡い期待で見つめていると、向こうも顔を上げた。

驚いた私は、その顔を見て、より一層驚くことになった。

この髪の毛、目の色、顔、間違いない！　私の知っているアレクだ！

思わず胸が高鳴る。

なにせアレクと目を合わせているのだ、向こうだって私のことを覚えてくれているはず。声をかけられたらどうしよう。

そんな思いは、アレクから発せられた次の言葉で打ち砕かれた。

「どうも」

そう言って顔を背けるアレク。

嘘でしょ？　ねぇアレク。私だよ。アリスだよ。

声にならない声を、必死に届けようとする。

でもアレクには届かず、受付が終わったのか、さっさと先へと進んでしまった。

ああ、本当だったんだ。私に会いたくなくなったのは。

自然と涙がこぼれてくる。唯一の友達と奇跡の再会を果たせたと思ったのにに、最悪の仕打ちだ。

私決めたよ、もう迷わない。

どんなことがあっても、貴方に絶望を味わわせてみせる。

そのためにもっと強くなる。

見ていなさいアレク。アリス・ラドフォードを傷つけたこと、後悔しても遅いから。

■

さっきの女の子可愛かったな。誰かに似てるような気もするけど。

試験に受かればあの子と同じクラスになれるかもしれない。それだけで頑張りがいがあるってもんだ！　青春のために頑張るぞ！

試験会場に入った俺――アレクは、受付番号と一致する席に座った。

受験番号は一二八四番だから、千二百人以上受験するわけか。

定員はどのくらいなんだろう。ともかくやるしかない。

程なくして、試験監督が紙を持ってやってきた。

「皆さんおはようございます。これよりウォーレン学園の入学試験を開始いたします。初めに筆記試験を受けて頂き、続いて、剣術か魔法の実技試験を受けて頂きます。実技試験に関しては自分の希望する方の会場へ進んでください」

問題用紙が配布され始める。

「試験開始前に、注意事項をお伝えします。カンニングや不正行為は発覚した時点で即失格。今後も永久的に受験資格を剥奪させて頂きます。勿論魔法でのカンニングもしないように」

魔法でカンニングなんて出来るのか！　やろうとは思わないけど、どんな魔法かは知りたい。

全員に用紙を配られると、会場が静かになる。

「皆さんよろしいでしょうか」

さぁ始まるぞ、俺の青春への第一歩が！

「それでは……始め!!」


「――そこまで！　ペンを置いてください」

筆記試験が終わった。正直簡単すぎて、眠たくなってしまった。

内容は魔法の詠唱問題、フェルデア王国の歴史、簡単な算数だったため、開始三十分で全て書き終えてしまった。俺はケアレスミスを無くすため、ひたすら繰り返し解答を確認していた。

「これで筆記試験は終了となります。続いて実技の試験に移りますので、各自希望する会場に移動してください」

試験監督が言うと、受験生達が動き出した。

俺は剣より魔法派だから、実技は魔法で受けるつもりだ。

筆記用具を片付け、案内板を確認しながら実技の会場を目指す。

会場に着くと、ざっと二百人程が待機していた。

この会場で一人ずつ試験を行っていくとなると日が暮れてしまう気がするが、一体どんな試験をするつもりなのだろうか。

そう考えていると、別の試験監督が現れた。今度はダンディーなおじさんだ。

「待たせたな。私が魔法の実技試験の試験監督を務めるハイデリッヒだ。職業は『魔導士』。使用出来る魔法は、火の上級魔法及び水の中級魔法だ」

試験会場にいた人々が騒ぎ出す。

「豪炎のハイデリッヒ様だって！　憧れちゃうなー」

「二十体のオーガを一人で殲滅《せんめつ》したんでしょ？　かっこいいなー！」

ハイデリッヒは顔色一つ変えず、静かにするよう促した。

「これより試験を開始する。内容は簡単だ。あそこに見える的《まと》に向かって、発動出来る最大の威力の魔法を放て」

「最大ですか？　壊れてしまうのでは？」

誰かが質問する。

俺もそう思った。見た目は案山子《かかし》のような、木で出来ている的だ。あんなのに俺の最大威力を撃ったら壊れてしまいそうな気がするが。

「安心しろ。アレは遥か昔、偉大なる魔法使いが作った『不壊の的』だ。私もアレに向けて魔法を放った経験があるが、傷さえ付かなかった」

その発言に驚きの表情を隠せない受験生達だが安心はしたらしい。

「理解したら的の前に整列しろ。人数が多いからな、名前と受験番号を伝えたら、足元の線から魔法を放て。終わったら帰宅していい。合格発表は一週間後だ！」

ハイデリッヒが歩き出すと、受験生達も我先に、線の前に並び始めた。

ハイデリッヒは的と線の中間の位置に着くと、こちらを向き合図を出した。

先頭の生徒が手を上げて、名前と受験番号を伝える。

「ラック・ビンドーです！　受験番号は一二八番です！」

ハイデリッヒは手元の紙にそれを書き留め、再び顔を上げた。

「よし放て！」

「我が敵を燃やし尽くせ！　『火球《ファイヤーボール》』！」

ラック君が詠唱して放った『火球《ファイヤーボール》』は野球ボール大で、時速八十キロ程で的にぶつかった。小さな爆発は起きたものの的は無傷。

会場中がざわついた。どうやら今の魔法は素晴らしかったようだ。

ハイデリッヒもうんうんと頷いている。

そしてどんどん順番は進んでいく。

「よし！　次！」

ようやく俺の番だ。

俺は線上に立ち、手を上げて、他の受験生と同じように名前と受験番号を伝える。

「アレクです！　受験番号は一二八四番です！」

ハイデリッヒは何も言わなかったが、後ろからこそこそと声が聞こえてきた。

「おい、姓無しだぞ。平民のくせに魔法で受ける気か。生意気だな」

どうやら見下されているみたいだ。生まれは貴族なんだが……まぁそんなことはどうでもいい。

俺はハイデリッヒからの合図を待つ間、魔力を溜める。

「よし放て！」

合図を確認すると、新たに習得した魔法を放つ。

「渦巻く炎よ！　我が標的を灰と化せ!!　『炎渦放射《フレイムバースト》』！」

これは、渦巻く炎を広範囲に放つ魔法だ。『炎槍《フレイムランス》』程の貫通力は無いものの、殲滅力は上がってると思う。

魔法は時速二百キロで的に衝突した。ここまで衝撃の余波が来たが、気にしない。

爆煙が晴れて残っていたのは、上半分が消失した『不壊の的』であった。

「「「は？」」」

ハイデリッヒからも、後ろに残っていた受験生達からも、驚愕の声が漏れる。

全部破壊出来なかったのは残念だが、上半分、破壊出来ただけでもよしとしよう。

俺はスッキリした表情で会場を後にした。

的を破壊出来たのは今のところ俺だけだし、筆記も上出来だ。合格は間違いないだろう。

俺は試験の出来を喜び、スキップしながら帰路につくのであった。


「一二八四……よし！　合格だ！」

入学試験から一週間後。俺は学園の門の前に貼り出された入試結果を見ていた。

結果は勿論合格で、俺はSクラスに入っていた。

しかし、悲しいこともある。

なんと合格順位が二位、つまり次席だったのだ。

次席ということは、俺より頭が良くて、実技の結果が良かった者が居るということ。

俺が帰った後に魔法を放ったのか、それとも剣術の方で良い成績を収めた子が居たのか。真相は分からないが悔しい。

首席を取れば一目置かれる存在になるだろうし、女生徒からは羨望の眼差しで見られること、間違い無しだったはず。その学園エンジョイ計画が、早くも破綻《はたん》してしまった。

まぁ本来の目的は、アリスとヴァルトの二人と再会を果たすことだ。

首席の奴も、受験番号を見る限り同じクラスになるだろうから、仲良くなれると良いな。

貼り出された紙には続きがあり、入学式までの予定が書かれていた。

「えっと、今から二週間後に入学式。式の二日前までに、入寮予定の者は入寮すること。また、入寮希望者は本日、学園受付にて書類を記入し、提出すること」

二週間は余裕があるのか。

その間は宿に泊まらなきゃいけないから、また金稼ぎをしなくちゃいけない。今『収納』に入っている魔石やら素材を売っても良いが……。

「そうだ！　二週間もあるなら、久しぶりにモンスター狩り合宿でもするか！」

モンスター狩り合宿とは、俺が十歳から十二歳になるまでに行っていたもので、とにかく経験値とスキル稼ぎをするために、森で寝泊まりし一日中狩りをするのだ。

食事はオークの肉や食べられる木の実で済ませ、風呂は自分の水魔法で何とかする。

精神を研ぎ澄ませられるし、狩りを長時間行えるから、スキル強化の効率が良かった。

「そうと決まれば、入寮の手続きをして、早く宿に帰ろう！　時間がもったいない！」

俺は受付へと走り出した。

スキル玉がザクザク手に入ると思うと、ワクワクが止まらんぜ！


「ラディさん！　一週間お世話になりました！」

部屋の荷物を片付けた後、俺は受付で、お世話になったラディさんに挨拶していた。

ラディさんは、俺が出て行くことに驚いているようだ。

「何だアレク、もう行っちまうのか？　もしかして落ちたのか？」

「違いますよ！　ちゃんと受かりました！　しかもSクラスに合格です！」

心配してくれるラディさんに向けて、俺は胸を張る。Sクラスに合格した子なんて二十人もいなかったからな。

するとラディさんは、不思議そうな顔で聞いてきた。

「だったら何で出て行くんだ？　入学までは二週間もあるんだろ？」

「それはですね、モンスター狩り合宿を行うんです！　最高ですよ！」

俺がハイテンションで答えると、ラディさんは意味が分からないという顔をしていた。まぁ普通の人は、こんなことしないしな。

「何がなんだかさっぱり分からんが、無茶だけはすんなよ」

ラディさんは踵《きびす》を返し、奥の部屋に向かって歩き出す。

「ありがとうございます！　俺、頑張ります！」

ラディさんは振り返らなかった。ただ、手をヒラヒラさせただけ。それだけでも気持ちは十分伝わった。

俺は宿を出て、門までの道のりを歩き出す。

討伐したモンスターの素材を売ったりする時間を考えると、合宿が出来る期間は実質、一週間程度となる。

「よーし！　この期間で集められるだけスキル玉を集めてやるぞ！」

これからが、俺の二度目の人生の本番だ！

■

試験結果が貼り出される数日前、ウォーレン学園のとある一室。

そこに、入学試験の合否を決めるため、多くの教師が集まっていた。

ある者は言った。

「筆記試験、実技試験、両方においてトップの成績です。問題なく首席入学で良いでしょう」

また、ある者は言った。

「しかし姓無しだ。代々我が学園の首席入学は貴族の子息と決まっている。この結果では出資者から何を言われるか分かりませんぞ？」

「ですが『不壊の的』の上半分を消失させたのですよ？　魔法においては間違いなく歴代最高の結果です！」

「それとこれとは別だ。結果は確かに素晴らしいものだが……世間体《せけんてい》というものがある」

両者譲れぬ話し合いをしていると、また別の者が提案をする。

「ならこうしたらどうです？　この子を首席、でこの子を次席にしてあげればいいんです！　幸いにもこの子も両試験満点の成績ですし！　どうでしょう？」

全員が黙り込む。だが、そうすることが一番良いのであろうと、ここにいる皆が理解していた。

平民が首席入学などしたら、その者が学園でどんな仕打ちを受けるか分からない。

この場にいない教師の中には平民を毛嫌いしている者もいるからだ。

「そうですね。それが一番良いでしょう」

こうして入学試験の合否が確定したのだった。

■

入学試験から一週間後。貼り出された試験結果を見た私――アリスは胸を撫で下ろした。

「首席で良かった。とりあえず、お説教は免《まぬが》れたわね」

私はお父様から、首席で合格しろと何度も言われてきた。

そのため私は剣術の修業だけでなく、勉学にも力を入れる必要があった。

勿論ラドフォード家の令嬢として当然の義務といえばそれまでだが。

「アレクはどうなったのかしら……まぁ入学すれば分かることね」

掲示板には受験番号しか載っていない。

今年は普通科、魔道具科、勇者育成科の三学科で、二千人以上が受験している。特に定員が決まっているわけではないものの、一定の評価を得なければ合格することは出来ない。

私は掲示板に記載された今後の予定に目を通し、首席は入学式で、代表として挨拶することを知った。ラドフォード家の娘として、何度もパーティーに出席して来た私にとっては、別段緊張するようなことではない。

私は馬車に乗り込み、その場を後にした。

馬車の中には私一人、誰もいない。

「もしアイツが受かっていなかったら、その時はその時。もし受かっていたら……フフ」

強くなった私を見せつけるんだ。

そして、アレクを見返してやる。

私を裏切ったことを、後悔させてやる。ただそれだけを考えていた。

■

薄暗い部屋の中。

窓から月明かりが差し込み、部屋の中を照らす。

散乱した本の上には飲みかけのコーヒーが置いてあり、それだけで、この部屋を使用している者の性格がよく分かる。

そんな部屋の中で動く人影がいた。

「ふんふふーん、ふっふっふふーん」

鼻歌を歌うその女は、どうやら機嫌が良いらしい。

慣れた手つきで、ガチャガチャと音を鳴らして何かの作業を進めているが、どこか人を寄せ付けない雰囲気を醸《かも》し出していた。

すると突然、黒い渦が発生し、中から黒いフードを被った男が現れた。

「おい、進捗《しんちょく》はどうなっている」

「わ！」

いきなり後ろから声をかけられ、驚いた拍子に、持っていた何かを落としてしまう。

何かは音を立てて割れ、黒い粒子になり消えていく。

「ねぇ、割れちゃったんだけど」

女は、先程とは打って変わって、殺意すら感じられる目つきで、フードの男を睨み付けた。

「す、すまない。驚かせるつもりは無かった」

自分のせいで相手の機嫌を損ねてしまったフードの男は、素直に頭を下げた。機嫌を損ねると厄介だと知っているからだ。

「まぁいいよ。それでなんの用？」

「進捗はどうだと聞いている。期日までに間に合うのか？」

「あぁそんなことか。間に合うに決まってるじゃん。馬鹿にしてるの？」

女は先程よりも明らかに機嫌が悪い。依頼された仕事に茶々を入れられるのが癇《かん》に障ったようだ。

「そうではないが……まぁいい。もう期日は迫っているのだ。もし失敗すると今後の計画に支障が出る」

「そんなの、言われなくても分かってるよ。そっちこそ自分の心配したら？」

「貴様に言われずとも私は自分の仕事をこなしている！」

会話の内容からも、お互いの関係性が上手くいっていないのが分かる。

部屋の空気も先程までとは一変、ひりついた空気が漂う。

「とにかく、お前のそれが今回の作戦の鍵だ。頼んだぞ」

「分かった分かった。早く帰りなって」

「チッ。この世界に絶望あれ」

「はいはい。この世界に絶望あれ」

フードの男は黒い渦の中に戻り、部屋から消えた。

そして残された女は、また鼻歌を歌いながら作業に没頭する。

待ちに待った作戦決行のために。

■

「ブォオオオ！」

「さて、こいつらでラストにするか」

入寮日当日の朝。俺——アレクの合宿は最終日を迎えていた。

目の前には三体のオーク。

こいつらを倒せば、一週間のモンスター狩り合宿も終了だ。

「凍《い》てつく氷よ、我が敵を貫け『氷槍《アイスランス》』」

俺は淡々と魔法を発動し、両端の二体に向けて、『上級水魔法』の『氷槍《アイスランス》』を放つ。同時に右手に剣を握りしめ、足に力を入れた。

二体のオークが俺の魔法に貫かれて倒れ、奥にいたオークは怒声を上げる。

「ヴォオオオオオ！！！」

怒りに身を任せて俺に突進して来たオークに対し、俺は斜め前へと瞬時に移動した。ついて来れていないオークに向かって突撃し、スキルを発動する。

「『剛力』」

右手を振り上げオークの首筋へ振り下ろすと、首が地面へ落下し、コロコロと転がっていく。

「ふぅ。おしまいっと」

俺は剣を鞘にしまい、倒したオーク達を『解体』していく。

戦闘にかかった時間はおよそ十秒程度。もう少し早く倒せるようにならなければ。

こんなことでは、アルテナの言っていた強さには到底及ばないはずだ。

ちなみに、現在のステータスはざっとこんな感じだ。

【名前】アレク
【種族】人間
【性別】男
【職業】解体屋
【階級】平民
【レベル】40（53542／91730）
【HP】2300／2300
【魔力】2800／2800
【攻撃力】C＋
【防御力】C－
【敏捷性】B－
【知力】B－
【運】A－
【スキル】
言語理解

収納
鑑定
上級水魔法（123／1500）
上級火魔法（157／1500）
中級風魔法（776／1000）
上級土魔法（87／1500）
上級回復魔法（110／1500）
魔力上昇（中）（711／750）
攻撃力上昇（中）（417／750）
防御力上昇（中）（425／750）
敏捷上昇（中）（525／750）
探知（中）（686／750）
中級剣術（823／1000）
中級棒術（901／1000）
中級槍術（765／1000）
脚力上昇（中）（689／750）
毒耐性（中）（20／750）

物理耐性（中）（300／750）
威圧
剛力
凶暴化
【エクストラスキル】
解体【レベル】2（19／20）

以前、オーガキングのスキル玉を取得したことにより、『威圧』『剛力』『凶暴化』のスキルが手に入った。

『威圧』は自分よりもレベルが低い相手に使用すると、相手の動きを一瞬だけ止めることが出来るスキルだ。連発は出来ず五分程クールタイムが必要となる。

『剛力』は一時的に、自分の攻撃力を増加させる。スキルの継続時間は三十秒程度。俺がオーガキングに吹き飛ばされた時はこれを使われてたんだと思う。

『凶暴化』のスキルは使用したことがないから分からない。ただ書物で読んだ時の記憶だと、ステータスが一時的に著《いちじる》しく上昇するが、理性を失い本能のままに暴れるようになる、と記載があった。

あれ以降、新しいスキルは入手出来ていない。強《し》いて言えば、『物理耐性』『毒耐性』『土魔法』

が一段階上昇したくらいだ。

『解体』も19／20まで出来ているし、あと一つスキルを取得すれば、レベルが上がるはずだ。

俺はオークの素材とスキル玉を『収納』し、王都への帰路につく。

「まずギルドに行って素材を換金して、その後市場で買い物してから学園に向かうか」

独り言を呟きながら歩いていると、異臭が漂って来た。

「なんだ!?　めちゃくちゃ臭《くさ》いぞ？」

『探知』を使うが周囲にモンスターの気配はない。よく確認すると、なんと俺の臭《にお》いだった。

一週間も動きっぱなしで風呂に入っていないんだから当たり前か。

「こりゃギルドに行く前に風呂だな。ここで入っていくかー」

俺は土魔法で簡易的な風呂を作製し、その中へ水を入れていく。

温度調整は火魔法ですれば良い。

「はぁーーー。森で入る風呂ってのも良いもんだな。こんなことなら石鹸《せっけん》も買っとくべきだったなー。市場で買っておくか」

三十分程入浴したら風呂を出て、『収納』から着替えを出す。

着替え終わると、風魔法で髪を乾かし身なりを整えた。

「よし、こんなもんだろ」

臭いも取れて綺麗になった俺は、再び王都へと歩き出した。

ギルドに着き、素材の換金をお願いすると、案の定真偽の水晶を出された。

俺が討伐したものだと証明しても、量が多いため別室へと案内され、金が運ばれてくるまで時間がかかった。

今回売ったのは、今まで倒してきたモンスターの素材の一部。

オークの睾丸《こうがん》やフェザーウルフの毛皮は、かなり高額で買い取って貰えた。

なんでもオークの睾丸を素材に使った精力剤は、物凄く高価らしい。

ウルフ系の毛皮は冬の間防寒具として使用されるらしく、綺麗な状態の物は貴族も使うとか。

一方で、ゴブリンの魔石やスライムの核は、銅貨二枚程だ。まぁサイズが小さいから仕方ない。

推測だがモンスターの強さが上がれば上がる程、素材の価値も上がるのだろう。オーガキングの魔石がいい例だ。

「買取額をご確認ください。総額で白金貨四百枚と金貨五枚です」

「え？」

白金貨四百枚ってことは……四千万円⁉

「あの、そんなに貰って良いんでしょうか？」

「勿論です。適切な買取価格となっています。オークの睾丸は、一個だと金貨五枚なのですが、二個対《つい》になっているものは金貨二十枚の価値があるんです。アレク様がお持ちになられた物は全て対になっており、数もかなりの量がありました」

「そ、そうなんですね」

前世でも稼いだことが無い額を、たったの十二歳で手に入れることになるとは。

今のところ使い道がないから、『収納』に入れておくことになりそうだが。

まだ素材は残ってるから、どんくらいになるんだ俺の所持金。

「確認が出来たら、こちらにサインをお願いします」

俺はミシェルさんに促されて書類にサインをする。

あ、ミシェルさんて言うのは、つい先日俺のメンタルをボコボコにしてくれた、ギルド受付の女性のことです。

「はい、書けました」

「では確認させて頂きます……はい確かに！　これで換金は終了となりますが、引き続きご報告がございます」

俺がお金を収納袋にしまうフリをして『収納』していると、ミシェルさんが言った。

「今回の素材の換金により、アレクさんのDランク級モンスターの討伐依頼達成件数が、十件を超えました。また、Aランク級モンスターであるオーガキングを討伐しているため、これでCランクへの昇格試験を受けることが出来ます」

あー確か常設の討伐依頼は、モンスターの討伐証明部位を提出すれば依頼達成になるって言ってたっけ。

それにしても、昇格試験か。これから学園が始まるし、また今度でもいいか。

「えっと、今は受ける気はないです。また時間があったら受けようと思います」

すると、ミシェルさんは真剣な表情で俺に語り始めた。

「Cランクへの昇格試験は、常時行っているわけではありません。機会が訪れた時に、希望者はその試験を受けることが出来る仕組みです。つまり希望していなければ、試験を受けることすら出来ません。また、いつ試験が行われるかも分かりません」

「そうなんですねー。じゃあ一応希望しておきます」

俺が軽く返事をすると、ミシェルさんは呆れた表情になり続けた。

「アレクさん、Cランク昇格試験とは盗賊の討伐です。つまり、人を殺すということです」

俺は思わず固まってしまう。

この日、ここが日本ではなく異世界だということを、改めて思い知ることとなる。


「人を殺す……か」

市場での買い物を終えた俺は、学園へと歩を進めている。

Cランク昇格試験、希望はしておいた。

いつか必ず通らなければならない道だと思ったから。

前世ではどんな理由があろうと、人を殺すことは罪であった。勿論戦争で仕方なくということはあるかもしれないが。

しかしこの世界では、人を殺《あや》めるということが頻繁《ひんぱん》に起こりうるのだ。

俺は少しセンチメンタルな気持ちで、学園の受付に到着した。

今日から俺は、学園で生活し青春を謳歌《おうか》するのだ。センチな気分になっている場合ではない！

受付の人に、入寮しに来たことを告げる。

「すみません。本日から入寮する予定になっている、新入生のアレクと申します」

受付の人は笑顔で対応してくれた。

「おめでとうございます。入寮ですね？　受験番号とステータスカードの提出をお願いします」

俺はいつものようにステータスカードを提出し、受験番号を口頭で告げる。

しばらくしてカードが返却され、部屋番号が書かれた鍵と、地図と予定表も渡された。

「こちらが鍵と地図になりますので、ご確認ください。一年生の男子寮への行き方ですが、この先の門をくぐったあと、右に曲がってください。そうすると同じ建物が三棟見えてきます。その一番右側の棟が、一年生の寮になります。使用人と共同で生活出来るようになっていますので、お気軽に申し付けください。それと明後日は、そちらの用紙を確認して行動してください」

「分かりました！」

「ベッドのシーツは週に一回、蛇口に使用している魔石は月に一回、交換することになっています。

部屋の前に出しておいて頂ければ交換いたします。または、寮の管理人のところに直接取りに行って頂いてもかまいません。鍵の紛失・破損は、金貨三枚と反省文の提出が必要になりますのでお気をつけください」

「気をつけます！　ありがとうございます！」

俺は礼を言い、寮を目指す。

ひとまず入学式までの目標は友達を作ること。そうすることで安全な学園生活がスタート出来る。スタートダッシュで遅れるとボッチ確定だからな。

前世で高校に入学した俺は、胃に穴が開いて、一か月間入院した経験がある。

その結果、友人が出来たのは二年になってからだった。こんな苦い思いは二度としたくない！

寮に辿り着いた俺は、驚きで足を止めた。

あまりにも外観が豪華すぎるのだ。入り口の門にはよく分からん銅像が建っている。

俺が前世で住んでいた、家賃六万円のアパートがまるで耳クソに見えてしまう。

覚悟を決めて寮に入ると、一階には「Sクラス」と書いてあった。

どうやら階によってクラスが分かれるらしい。だったら一番上の階が「S」じゃないのか？　景色も良いだろうし。

部屋の鍵を確認すると、俺の部屋番号は〇一五番で、どうやら入り口から入って右側の方にあるらしい。

どんどん歩いていくと、俺と同じくらいの背丈の男の子と、執事のような人が前から歩いてきた。

(おお！　第一村人……じゃなかった、第一友人候補発見！)

俺は同級生であろう生徒を発見したことでテンションが上がり、思わず声をかける。

「やぁ！　今日からこの寮で生活することになったアレクだ。よろしく！」

右手を差し出すが、相手はスピードを落とすことなく俺の横を素通りしていく。

そして彼は、俺の横を通り過ぎる際はっきりと呟いた。

「フン。姓無しの分際で生意気な」

そして、俺が来た道を歩いていってしまった。

「ま、まじか。姓無しってこんなに差別されるのか。大変だな」

俺は気を取り直して進んでいく。

俺の部屋は一番奥にあった。両隣友人作戦が早くも失敗してしまった。まぁ片方に隣がいるからよしとするか。

部屋に入るとまた俺は驚いた。

システムキッチンのような豪華な台所。奥の部屋には小窓があり、二人寝ても十分な大きさのベッド。左の部屋にはシンプルな湯船。さらに別の扉を開けると、同じような部屋がもう一つあったのだ。

「こんなの、家賃二十万払っても足りないんじゃないか？」

俺はそう思いながらベッドへダイブする。

フカフカのベッドで寝るのは一週間ぶりだな。

横になっていると深い眠りへ落ちてしまい、起きた時には既に朝を迎えていたのだった。

■

「これより、ウォーレン学園入学式を始める！　新入生入場！」

二日後、俺は数十年ぶりの学園生活をスタートさせた。

指定の制服を身にまとい、拍手の中をゆっくりと歩いていく。

昨日はどうしていたかって？

そうやって傷口に塩を塗る行為は最低だと思うぞ。

……昨日は起きた後、お風呂やキッチンなどの設備を確認してから、隣人に挨拶しに行った。

ドアをノックして出てきたのは、昨日すれ違った彼とは違う男の子。だから俺はもう一度元気に挨拶した。

「おはよう！　俺は隣の部屋のアレクっていうんだ！　これからよろしく！」

右手を差し出したが、待っていたのは昨日と同じセリフだった。

結局名前も教えて貰えず、俺は部屋に戻って、ずっと持ち物の確認をしていたよ。

場面は戻って入学式。

席に着き、式が滞《とどこお》りなく終わるのをじっと待つ。

「学園長、ありがとうございました。続きまして、新入生代表挨拶」

学園長の話も終わり、次は新入生代表挨拶だ。

勿論挨拶は入学試験でトップだった首席。

つまりこれから同じクラスで切磋琢磨《せっさたくま》していく仲間だ。

どんなやつだと辺りを見回していると、試験の受付で遭遇した女の子と目が合った。やっぱり綺麗な子だよなー。

俺がやましいことを考えていると、司会の男性が新入生代表の名前を呼んだ。

「新入生代表、Ｓクラス所属アリス・ラドフォードさん。よろしくお願いします」

え、今何て言った？

アリス・ラドフォード？

アリスがこの学園に入学していた？

しかも新入生代表だったのか！

俺はアリスが入学していたことに歓喜し、女の子から目を離してアリスの姿を探す。

「はい！」

高らかな声が聞こえ、俺は声のした方へと顔を向ける。

先程まで目を合わせていた綺麗な女の子が立ち上がり、壇上へと歩いていった。

入学式が終わると、教室に移動した。

「それでは皆、席に着け」

しかし俺はそれどころではない。何せ目の前にあのアリスがいるのだ。

前に会ったのは八歳になるちょっと前だから、約五年振りの再会だ。

そのせいで俺は担任が話している間もずっとアリスの後ろ姿を眺めていた。

「——とまぁそういうわけだ。聞いていたかアレク？」

担任が俺に声をかける。

「あー……すみません。聞いていませんでした」

すると担任はため息をつき、もう一度話し始めた。

「いいか？　私がこのクラスの担任になったハイデリッヒだ。魔法の実技試験で顔を合わせた者もいると思うが、もう一度自己紹介しておく。職業は『魔導士』、使用する魔法は火の上級魔法、水の中級魔法だ」

周りから拍手喝采が起こる。やはり優秀な人のようだ。

「さて、お前達の自己紹介は後にするとして、まずはこの学園について説明させて貰う。お前達も知っている通り、この学園は普通科、魔道具科、勇者育成科に分けられる。お前達が所属する勇者育成科は、フェルデア王国の未来を担う人材を育成する科だ。この学園は、有望な人材を発掘することを目的としているため、身分で差別をすることを禁止としている。勿論、王族であろうともだ！　同じ学び舎に集った者同士、お互いを高め合うことに精を尽くせ」

その後も、長々と説明は続いた。

要約すると以下の通り。

四月〜七月までが一学期、八月は夏休み、九月〜十一月が二学期で十二月は冬休み、一月〜三月五日までが三学期、それから入学式までが春休み。

勇者育成科はF〜Sクラスまでで編成され、各学期の成績で、生徒の入れ替わりも行われる。

成績は学園が管理するダンジョンにおける戦闘成績、講義の成績、実技試験によって決まる。

ダンジョンはF級〜C級まであり、一年終了時にF級、二年終了時にE級、三年終了時にD級を踏破しないと、退学となる。

「詳細は講義で聞いて貰えればいい。お前達Sクラスに講義を受ける義務はないが、『魔法学』『ダンジョンの仕組み』『実技演習』、この三つの講義の一回目には出席するように。欠席した場合は反省文と、授業に参加して貰うことになるぞ！」

『魔法学』『ダンジョンの仕組み』なんて、めちゃくちゃ面白そうじゃないか！

言われなくても講義には参加するぞ。

それと、ダンジョンってどんなんだろうなー、早く行きたいなー。

「ダンジョンについては講義を受けてから向かうように。講義前に行くことは禁止だ。なおパーティーは講義を受けてから組むように。パーティー申請は私に提出すること。何か質問は？」

パーティーか。俺が魔法使うから、出来れば前衛二人と支援が一人欲しいな。

ともかくアリスは入ってくれるはずだし、後二人集めれば完璧だ！

「質問はないようだな。私はこれで教員室に戻る。お前達は互いに自己紹介をしろ。性格や職業が合う相手とパーティーを組まなくては、ダンジョンの踏破は不可能だぞ。講義の予定は、さっき配った用紙を確認すること。以上だ」

ハイデリッヒ先生はそれだけ言うと、教室を出て行ってしまった。

まぁこれから自己紹介の間、先生は暇になるだろうし仕方ないか。

ハイデリッヒ先生がいなくなると、しばらく教室はざわついていた。

自己紹介をすると言ったって誰かが仕切らねば、この年代のお子様なんて、好き勝手話し始めるに決まっている。

かくいう俺も、目の前のアリスに声をかけようとしていた。ところがアリスが椅子から立ち上がり、皆に語りかけるように喋《しゃべ》り出した。

「皆さんお静かに！　ハイデリッヒ先生に言われた通り、今後の学園生活をスムーズに送るためにも、互いの性格や職業を知らなければなりません！　私が初めに自己紹介をしますので、後ろに向かって順番に自己紹介をしていきましょう！」

騒がしかった教室が静かになり、皆がアリスの方へと視線を向けた。

「私の名前はアリス・ラドフォード。ラドフォード公爵家の令嬢ですわ！　職業は『剣聖』を授かりました。ですが皆様気になさらず、気軽にお声がけくださいー！」

アリスの自己紹介が終わると、割れんばかりの歓声が起きる。

「アリス様やっぱり素敵だわー！　しかも『剣聖』だなんて！」

「実技試験でも試験監督と渡り合ったらしいぞ。流石アリス様だよな」

どうやらアリスの気品ある佇《たたず》まいと職業が『剣聖』だったことに、クラスメイトは興奮しているようだ。俺もまさか、アリスの職業が『剣聖』だなんて思いもしなかった。

そんなことを考えていると、アリスがこちらの方へ向き、俺に自己紹介を促す。

「それでは次の方、お願いしますわ」

俺は椅子から立ち上がり、みんなの方へ顔を向けた。

「えっと、アレクって言います！　職業は『解体屋』です。魔法と剣、両方を使用可能なので、前衛後衛どちらも対応出来ます！　よろしくお願いします」

俺は、なるべく自分の特徴が分かりやすいように自己紹介をした。

ダンジョンに潜るんだ。どんなことが出来るのか伝えておかなければ迷惑になる。

しかし俺の予想とは裏腹に、反応は冷たかった。それどころか俺を睨みつけている人が殆どだ。

「姓無しか。あいつ試験で不正したんだろ？　なんでSクラスにいるんだよ」

「本当だよ。俺達の格が下がるじゃないか」

ど、どうやら俺の自己紹介は不評なようだな。

まぁ今後パーティーが組めることは間違い無いだろう。魔法も剣も使えるなんて俺しかいないはずだし。

その後もどんどん、自己紹介は進んでいった。

全員の自己紹介が終わると、皆が俺を押し退けてアリスの席へと集まったため、俺は窓際へ移動し、窓を眺めていた。

「流石アリス様ですね！『剣聖』なんて！」

「本当ですわ。もしよろしければ、私とパーティーを組んでくださいませんか？」

「おい君！抜け駆けは許さないぞ！アリス様、是非私とパーティーを！」

こんなやり取りが、俺の机の前で行われているのだ。居場所なんてない。

一通りクラスメイトから声をかけられたアリスは、椅子から立ち上がり話しかける。

「皆さん、お誘いありがとうございます。でも、講義が終わるまではパーティーは組めません。是非その時までじっくりと考えてみてください」

それだけ言うと、アリスは人混みを掻き分けて教室を出て行く。

クラスメイトはその対応に見惚《みと》れ、廊下へ向かうアリスの後ろ姿を眺めていた。

俺は声をかけるため廊下へ歩き出す。

久しぶりの再会だからな。アリスも喜んでくれるだろう。

「アリス！」

後ろから声をかけると、アリスは足を止めた。

俺がアリスを呼び捨てにしたことに、クラスメイト達が驚きの声を上げた。

俺は気にせず、アリスに近づき話しかける。

「久しぶりだなー！　元気にしてたか？」

するとアリスが振り返り、首を傾《かし》げた。

「失礼だけど、どなたかしら？　私を呼び捨てに出来る程身分が高い方なら、私が知らないはずないのだけど」

「え？　俺だよ！　アレクだよ！　それに、アリスが呼び捨てで良いって言ったんだろ？　六歳の時のパーティーのこと覚えてないのか？」

予想外な態度に焦る俺。

もしかして忘れられてるのか？

でも、アリスにとって俺は初めての友達だって言ってたし、さっきも自己紹介したぞ？

もしかして、今の姿が昔と違いすぎてて気がつかなかったとか？

「アレク？　そんな方、存じ上げません。それにしても不躾《ぶしつけ》ですね。少しは身の程を知ったらどうですか？」

アリスは俺から顔を背け、どんどん先へ行ってしまった。

後を追いかけようとするが、誰かに肩を掴まれてしまう。

振り向くとクラスメイト達が勢揃いしており、俺を睨んでいた。

「おい貴様、平民如《ごと》きがアリス様を呼び捨てするとは、なんと無礼な。アリス様はエドワード様と同じく『剣聖』であられるのだぞ」

「そうよ！　それなのに貴方……『解体屋』？　でしたっけ？　平民がやる仕事じゃない!!」

「あぁ全くだ。聞いた話だと、実技試験もハイデリッヒ先生を騙して、外部に隠れていた凄腕の魔法使いに、代わりにやって貰ったそうじゃないか！」

アリスが去った途端、罵詈雑言《ばりぞうごん》の嵐が飛んでくる。

まあ貴族の御坊ちゃま方からしたら面白くないよな。

実技試験じゃ『不壊の的』を半壊させちゃったし、アリスって呼んじゃうし。俺もそっち側だったら文句の一つも言いたくなるよ。

でもこの学園はそういうの禁止って、先生言ってたじゃないか！　しっかり守ってくれよ！

言いたいことを言い終わったら、クラスメイト達は去っていった。

今日の予定はこれで終わり、明日から本格的に授業が始まる。

「はぁー。まさか前世より酷い学園生活を送ることになるとはな」

俺はトボトボ、廊下を一人歩く。

明日からの授業の内容に、淡い希望を抱きながら。

■

私――アリスは、人混みを掻き分け廊下に出た。

結局、アレクが私に声をかけてくることは無かった。

私がクラスメイトに群がられてる間も、ずっと窓際に居たみたいだし。

本当に、私のことはどうでも良くなったみたいね。まぁ今更話しかけてきたところで遅いけど。

そんなことを考えながら歩き出した時、後ろから声がかかる。

「アリス！」

私は思わず足を止めた。

五年前まで、よく耳にしていた聞き覚えのある声。初めての友人の声。

彼が私の名前を呼んでくれている。

やっぱり、私を忘れたわけじゃなかったんだ。

嬉しさで心が躍るのと同時に、疑問が頭をよぎった。

何で今更声をかけてきたの？

百歩譲って、試験会場の受付で気づかなかったのは分かる。

でも今日は、自己紹介が始まるまで時間があったはず。なのになんで今更……

そうか。

私の職業が『剣聖』だって分かって、利用価値があると思ったんだ。

クラスの皆からちやほやされている私と仲良くしておけば、皆と仲良くなれるもんね。

「久しぶりだなー！　元気にしてたか？」

私はアレクの思惑を見抜き、思い通りにはさせない、と振り返った。

「失礼だけど、どなたかしら？　私を呼び捨てに出来る程身分が高い方なら、私が知らないはずないのだけど」

「え？　俺だよ！　アレクだよ！　それに、アリスが呼び捨てで良いって言ったんだろ？　六歳の時のパーティーのこと覚えてないのか？」

またしても心が揺れる。

あんなに覚悟を決めてきたのに、いざ本人に会って話しかけられると、嬉しくてたまらない。

しかし私は苦しかった日々のことを思い出し、その気持ちを抑え込む。

貴方がパーティーに来なくなったこと。

私に会いたくないと書いた手紙のこと。

私の手紙を無視したこの五年間のこと。

それら全てが、私の心には深く刻まれているのだから。

貴方がどう思っているか知らないけれど、私は絶対に許さない。

「アレク？　そんな方、存じ上げません。それにしても不躾ですね。少しは身の程を知ったらどうですか？」

そう告げると、私は踵を返して廊下を突き進んでいく。

後ろから、クラスメイト達にアレクが非難されている声が聞こえてきた。いい気味だ。

これからの三年間、アレクも味わうといいわ。

私が味わってきた孤独を。

■

俺——アレクが教室から出てしばらく歩いていると、自分の背丈を超える高さまで用紙を積んで、運んでいる女性を見かけた。

重いのか右往左往《うおうさおう》しており、今にも用紙をばら撒《ま》きそうな状態である。

俺はすぐさま駆け寄った。別に、助けてあげるから友達にならないか？　なんて気持ちは微塵《みじん》も無い。本当だ。

「あの、半分持ちましょうか？」

俺が声をかけると、女性は一瞬ビクッとしたあと、返事をした。

「大丈夫です！　これでも先生ですから！　生徒に頼ることは出来ませんよ！」

少しずつ歩いていくが、両の手はプルプルと震えている。

というか先生なのか？　見た目、小学三年生にしか見えないんだが。

そして案の定、バランスを崩し用紙をばら撒いてしまった。

「あぁー!!」

叫び声を上げても元に戻ることは無い。

結局俺は、ばら撒かれた用紙を集める作業を手伝うこととなった。

「……ごめんなさい。さっき声をかけて貰った時に半分渡せばよかったです」

「いいんです。丁度暇でしたし」

キリッとした完璧なスマイルで返すと、先生はきょとんとした顔で見返してきた。

「暇だったんですか？　袖のラインが青ってことは、新入生ですよね？　金のラインも入ってるので、Sクラスじゃないですか！　お友達はどうしたんですか？」

制服の腕に入っている二本のラインは、一本目が学年を表し、二本目がクラスを表す。

一本目が赤の場合は三年生、緑の場合は二年生、青の場合は一年生だ。

そして二本目は、SクラスからFクラスまで、金、赤、青、緑、黄、茶、白の順となる。

それはさておき、グサッと胸を凶器で刺すような質問をされた俺は、心の中で血を吐きながらも笑顔を崩さなかった。

「皆、先に帰ったんですよ。用事があるとか言ってましたから」

どうにか返事を搾《しぼ》り出した俺に、先生は哀れみの表情を向けて、優しく声をかけてくれた。

「大丈夫です！　先生も学生時代はボッチでした！　でも、どうにか先生をやっています！　貴方も今は辛いでしょうが頑張りましょう！」

優しさに思わず涙があふれる。先生もボッチ経験者だったからこそ俺の心に響いたのだ。

「わわ！　大丈夫ですか？　具合でも悪いんですか？」

違うんです先生。嬉し涙ですよ。

俺は涙を拭いて、集めた用紙を持って立ち上がる。先生も立ち上がって膝を払った。

「助かりました！　これからは少しずつ持ち運ぶようにします！」

「俺の方こそ助かりました。お礼に半分持って行きますよ」

先生は一言「ありがとうございます」と礼を言い、俺の前を歩き始めた。俺がついて来ているか、時折ちらちらと後ろを確認する。

そんな先生が可愛く見え、俺は隣へと歩み寄った。

「そういえばお名前を聞いてませんでした。お聞きしてもよろしいでしょうか？」

「あーそうでしたね！　私の名前はネフィリアです！　新入生だと『ダンジョンの仕組み』の講義で会うことになると思います！　あ、でもSクラス生は、確か初回講義に参加するだけで、二回目からは参加義務がありませんでしたよね……残念です」

ネフィリア先生はショボーンとしてうつむいてしまった。小さな声で「面白いのになぁ」とも言っている。

俺は先生を元気づけるため、二回目以降も参加するつもりであることを告げた。

元々面白そうな講義だと思っていたし、何よりこんなに優しそうな先生なら、全部出席するのが生徒の務めってもんだ。

「熱心な子で良かったです！　二回目以降になると、生徒の出席率がガクンと落ちるんです。『ダンジョンの仕組みなんて、実際にダンジョンに行って学んだ方が効率的だ！』って。でもそんなことしてたら、死んじゃうかもしれないんです！　ちゃんと知識をつけてから行かないと……」

ネフィリア先生は悲しそうな顔になり、必死に俺に講義の重要性を説く。

俺も先生の意見に賛成だ。この世界は剣と魔法のファンタジー世界。前世で言えばゲームみたいな世界だ。しかし、ゲームみたいにリトライがあるわけでも残機があるわけでもない。

高いところから落ちたら死ぬ。

心臓を刺されたら死ぬ。

毒を飲まされたら死ぬ。

魔法で焼き尽くされたら死ぬ。

一発勝負の世界なのだ。

だったら事前知識を持っておくことがどれだけ大切か、生徒達も分かっているはずなのだが。

Sクラス生はどうやらプライドが高く、エリート思考が強い。そのため数年に一度、死者も出るそうだ。

そんなことを話していると、ネフィリア先生の足が扉の前で止まり、俺に向かって「開けて貰えますか？」と言ってきた。両手がふさがっていて扉を開けることが出来ないみたいだ。

なんだか可愛らしい小動物を眺めている気分になった。

扉を開けると、薬品のツーンとした匂いが鼻を襲った。

二人で部屋の中へ入り、用紙を机の上に置く。ネフィリア先生は汗を掻いたのか腕で額をぬぐっていた。俺も一息つこうと、腰に手を当て少しストレッチをする。

「ありがとうございました！　何か飲みますか？　えっと……」

「アレクです、先生。飲み物は何でもいいですよ」

「アレク君ですね！　じゃあ先生のとっておきをあげちゃいます！」

そう言うと、先生は箱の中から瓶を二つ取り出し一本を俺に渡してくれた。

二人で向かい合い、ソファーに腰掛け一息つく。

瓶の蓋《ふた》を開けると、芳醇《ほうじゅん》なりんごの匂いが漂ってきた。

昔パーティーで飲んだことがあるジュースの匂いだな。

俺が匂いをかいでいると、先生がフフンと自慢げな顔で説明をしてくれた。

「これはですね、ただのアッポウのジュースじゃありませんよ！　一本銀貨十枚もする高級アッポウジュースです！　手伝ってくれたお礼です！」

一本で銀貨十枚は高い！　こんな軽く手伝っただけで俺にくれちゃってもいいのか？

まぁもう口つけちゃったし、誰にもあげられないけど。

だけど、この容姿で、好きな飲み物がアッポウジュースって、完全に子供じゃないか。

まてよ？　密室に男性と幼児体系の女性一人……完全に犯罪じゃないか!!

俺は一気にジュースを飲み干し、乱暴に机の上に置く。

ネフィリア先生は驚いて叫び声を上げた。

自分が楽しみに取っておいたジュース。ちまちまと飲んで味わうのが楽しみだったのに、一気に飲み干されるとは思いもしなかったみたいだ。

心の中で謝りながら、俺はソファーから立ち上がり先生に声をかける。

「ネフィリア先生、ジュース美味しかったです！　用事を思い出したので、これで失礼させて頂きます。講義楽しみにしていますね！　それじゃ！」

「あ、ちょっと！」

そう言うと、先生が引き止めるのも無視して、俺は足早に先生の部屋を出て行く。

もう少しで逮捕されるとこだったぜ。

安堵《あんど》して廊下から外を眺めると、空は茜《あかね》色に染まっていた。

俺は今日、クラスで受けた仕打ちをすっかり忘れ、先生との思い出だけが頭に残っていた。

「早く先生の講義受けたいなー」

誰もいない廊下で呟き、俺は寮へ歩を進めた。

寮に帰った後、よくよく考えたのだが、俺はまだ十二歳の子供だ。

子供が幼児体型の先生と歩いていたところで、何も問題はない。寧ろ正常なことだと思い直した。

翌日は、ハイデリッヒ先生が担当する『魔法学』の講義から始まった。

どうやら、魔法を使用することが出来ない物理系の職業の生徒も参加するらしい。

訓練場へと着くと、既にチラホラと生徒が集まっており、ハイデリッヒ先生は人数を数えて出席者を確認していた。

周囲を見渡すと、もう幾つかのグループが出来ている。

昨日の今日で、どうやって仲良くなったのだろうか。勿論俺はボッチ君であるが。

そんな俺の目線は、グループの中心にいる赤髪の女の子、アリスへ向いていた。

昨日、あんなにそっけない態度を取られたので、気軽に挨拶には行けなかった。

アリスは俺の方など見向きもせず、生徒達と楽しそうに会話を弾ませている。

「よし、全員いるな！　これより魔法学、第一回目の講義を始める！」

ハイデリッヒ先生の声がかかると、生徒が先生を中心に集合する。

「Sクラスの者は皆が知っているだろうが、生活魔法を除いて、魔法を使用することが出来る職業を授からない限り、一生魔法を使用することが出来ない。これは、私がどれだけ剣の練習をしたところで、『初級剣術』を習得出来ないのと同じことだ」

勿論剣術においては、ある程度特訓すれば、スライムやゴブリン一体くらい倒せるようになるかもしれない。ただあくまでスキルは関係なく、特訓したからということだ。

魔法の場合はそれが不可能。

八歳までの俺のように、どんなに練習しても初級魔法すら放つことが出来なかったのがいい例だ。

「今日は、魔法を使えない職業の者にも講義に参加して貰った。一番の理由は『魔法を知る』ためだ。自分が放つことが出来ずとも、同じパーティーの魔法使いが、どんな魔法をどんな手順で使うのか知っておかなければ、間違いなく戦闘時に無駄な傷を負うことになる。これは逆にも言えることだ」

魔法は、個人の力量によって速度や大きさ、相手に与えるダメージが変わってくる。

詠唱速度もスキルで速められるが、新入生ともなれば殆ど出来ないだろう。

俺の場合は詠唱しなくても魔法を放つことが出来る。

なぜかは分からん。やったら出来たのだ。

「そしてここからが、お前達に一番伝えておかなければならない注意事項だ！　魔法には初級、中級、上級、超級というランクが存在する。初級は簡単に発動することが出来、魔力消費も少なくて済むが、相手に与えるダメージは少ない。上級や超級は発動が難しく魔力消費も多くなるが、相手に与えるダメージは絶大だ。ちなみに超級魔法を使用出来たのは、歴史上勇者ウォーレンのみと言われている」

ハイデリッヒ先生の言うことはなんとなく分かる。

俺の場合、現在だと『火球《ファイヤーボール》』は同時に十発放てるけど、『炎槍《フレイムランス》』は三発が限界だ。つまりそういうことだろう。

発動の難しさとかは考えたことが無いが、頭の中で、制限をかけられている気もする。

超級魔法は、いずれ使えそうな気がするんだが。

「何を言いたいのかというと、相手を殺さなければならない状況以外で、攻撃魔法に分類される上級以上の魔法の使用は禁止されている。勿論モンスター相手にならば問題ない。しかし人に向けて上級以上の攻撃魔法を行使した場合、重い罪に問われることを覚悟しておけ！」

知らなかった。あれ、俺が『不壊の的』に放ったのは問題ないのか？　人じゃないからいいのか。

ハイデリッヒ先生の話を聞いた生徒達は、生唾を飲み込み、覚悟を決めた者半分、ヘラヘラしている者が半分な感じだった。

「それでは、魔法の実技訓練に移る。今回は、自分が所有している初級攻撃魔法を『不壊の的』に向けて放つ演習だ。魔法職でない者は、魔法の発動までにかかる時間や軌道、速度をしっかりと目に焼き付けろ！　戦闘時には自分の背後から飛んでいくことが多いと思え」

ハイデリッヒ先生が告げると、魔法職は試験の時のように、足元のラインに集まる。そうでない者は、的とラインの中間へ移動した。

的は五つあり、いっせいに放てるようになっている。

「位置についたな。魔力が切れるまで魔法を放ち続けろ！　魔力切れを体感しておくことも重要だ。魔力切れを起こしたら、後ろに並んでいる者と交代しろ。それでは始め！」

合図を聞き、五人が魔法を放っていく。

『火球《ファイヤーボール》』『水球《ウォーターボール》』『風刃《ふうじん》』『土弾《アースバレット》』など、皆がそれぞれの魔法を放っていく。

五分程して、左から二番目の的に向かって魔法を放っていた男の子が急に膝をついた。

すると、ハイデリッヒ先生が声をかける。

「それが魔力切れだ！　魔法を放つための魔力がゼロになることで、倦怠感《けんたいかん》や脱力感が発生する。そうなる前に戦闘から離脱するか、マナポーションを飲まなければ標的にされるぞ！　今回で自分の魔力切れのボーダーを確認しておくことだ！　よし次に替われ！」

替われと言われた生徒は、自力で立ち上がり、ゆっくりと後ろへ戻る。

他の生徒も順番に膝をついて、後ろに並んでいた生徒と交代していく。

これも、パーティーを組むうえでの品定めになるだろうな。同じレベルの魔法を放っているのだから、長時間立っていられた者の方が優秀なはずだ。

ハイデリッヒ先生が、魔法職ではない生徒にも見ていろと言った理由の一つだろう。

俺も、魔力切れをここで味わっといた方がよさそうだ。

普通にやったら二時間くらいぶっ続けで出来そうだし、一発の魔力量を多めにしとくか。

俺の前で魔法を撃っていた生徒が魔力切れを起こし、いよいよ俺の番がやってきた。

やっぱり誰も俺のことは見ていない。見てくれているのは先生だけだ。

なんだか嬉しくなるよ、先生。先生にだったら俺……

冗談はこれくらいにして、俺はラインの上に立ち、右手を的に向けた。

周りの生徒とは違い、たった一言呟く。

「『火球《ファイヤーボール》』」

結局俺が膝をついたのは、四十分が過ぎた頃だった。

これまで俺のことなど眼中に無かったクラスメイトも、俺がいつ膝をつくのか、食い入るように見つめていた。

膝をついた時には、少しどよめきが上がったのも嬉しい。

魔力切れは、百メートル走を全力で走った後の感じと少し似ていた。

口の中が血の味になり、呼吸が速くなる。それがいきなりドンと来る感じだ。

その後、魔力が回復した者から再度ライン上に立ち、今度は魔法職でない者の背後から、的を狙う形で演習が再開された。

魔法が放たれる軌道を覚え、背中に魔法が当たるのでは無いかという恐怖心を克服する訓練のようだ。

一時間程演習が行われ、講義は終了となった。

魔法学の講義終了後、俺は食堂に向かって歩いていた。

後ろから男子共が「おい」だの「お前」だの叫んでいるが、誰を呼んでいるのだろうか。

俺の前を歩く人達も振り返ることはしない。

「おい！　姓無し！　貴様、私を馬鹿にするつもりか！」

ここでようやく、俺のことを呼んでいることに気づく。初めから名前で呼んでくれればいいのに。

俺は振り向いて返事をする。

「何か用か？　それと、俺にも名前があるんだ。名前で呼んで貰いたいんだけど」

俺の返事が癇に障ったのか、男子共が騒ぎ出す。

「貴様、何だその態度は！　デイル様に失礼ではないか！」

「いや、デイル様がどこの誰だか知らないし。なんかごめんなさい」

取り巻き達がギャーギャー騒ぎ立てるが、中心に居た男の子が制止した。

「まぁ良いではないか。それくらいは許してやらねば。貴族としての器《うつわ》が足りないということだよ」

おお。なんだめちゃくちゃいい子では無いか。というか、この学園は貴族も平民も公平に育成するために、爵位を盾にするのはいけないんじゃなかったのか？

「貴様にも理解出来るように説明してやろう。この方はデイル・アーデンバーグ様だ。アーデンバーグ伯爵家の御長男であらせられるぞ。頭《こうべ》を垂《た》れよ！」

取り巻きの一人が、中心に居た男の子の紹介をしてきた。

伯爵家の長男か。いいとこの坊ちゃんじゃないか。そんなやつが俺に何の用だ。

「そうですか。どうもこんにちは」

俺が軽く返事をすると、デイルは頬をピクピクさせる。

「貴様、いい度胸をしているじゃないか。まぁいい。そんなことより、先程の魔法学で貴様が行っていた不正を洗いざらい吐くのだ。そうすれば今のことも許してやっても良い」

「不正？　なんのことだ？」

不正を吐けって言われても、何にもしてないんだが。

それとも、流石に四十分も俺が一人で魔法を放ってたのが気に食わなかったのだろうか。

しかし、デイルは怒りを露わにしたまま怒鳴ってくる。

「とぼけるな！　無詠唱での『火球《ファイヤーボール》』に加え、四十分以上も連続で魔法を放つなど不可能だ！私ですら五分が限界なのだぞ！　この魔導士である私ですら！」

デイルは鼻の穴を広げながら、息を荒くして俺に詰め寄ってくる。

そんなこと言われても、初めから詠唱をしなくても魔法は撃てたし、継続時間が長いのはただ単に魔力量の差だろう。

俺は他の生徒達より遥かにレベルが高いし、『魔力上昇（中）』のスキルも有しているからな。

「何て言ったら良いか分からないけど、そもそもステータスが違うんだし差は出るだろう。俺は八歳の時から毎日山にモンスター狩りに行ってたんだ。レベルも40は超えてるし、魔力も２８００くらいはあるぞ？」

正直に言ったら分かってくれるだろうと思って伝えたのだが、彼らは顔を見合わせ、大笑いし始めた。

「はっはっは！　すまなかったな！　貴様がそんなにも学が無いとは恐れ入ったよ。レベル40など騎士団長レベルでは無いか！　加えて魔力２８００など、賢者ヨルシュ様と同等だぞ？　全く、ここまで来ると可哀想に見えてくるよ！」

そう言って、デイルは取り巻きと一緒に食堂へと向かって行ってしまった。

本当のことを言ってあげたのに。

俺はデイル達の後ろに続き、食堂へと歩いていった。

■

「ありえない」

私――アリスはポツリと呟いた。

私はアレクが『火球《ファイヤーボール》』を無詠唱で放ったことに驚きを隠せずにいた。

私のところへ家庭教師に来てくれたAランクの魔導士ですら、詠唱を必要としていたのに、アレクは無詠唱で、他の生徒より威力の高い『火球《ファイヤーボール》』を放っている。

さらに、四十分を超えたところでようやく、アレクは膝をついて魔法を放つことをやめた。

周囲からは驚きの声が上がる。

この演習は、彼がどれだけ優れた魔法使いであるかを浮き彫りにした。

悔しいという気持ちと共に、アレクに対する尊敬の思いが湧いてきた。

彼がこれまでの数年間、私を裏切ってきたことは紛れもない事実である。

一方で、これ程までの実力を手に入れたのは、弛《たゆ》まぬ努力があったからだろう。

思わず唇を噛み締める。

そんな時、後ろに立っていた前衛職の男の子が声を上げた。

「なぁ、どう見てもあれは不正じゃないか？　流石に四十分も魔法を撃ち続けるなんて出来やしないだろ？　確かアイツ、試験でも不正をしたって噂になってるし」

その声を皮切りに、周囲の生徒は一斉にアレクをけなし始める。

「そうよね！　他の人と比べてもいくら何でも出来すぎよね！」

「そうだそうだ！　絶対マナポーションを飲んでるぜ！」

彼らの言葉に、私は辟易《へきえき》していた。

彼らの顔には目が無いのだろうか。

私達が眺めていた時に、アレクは一度でもマナポーションを飲む動作をしただろうか。

答えはノーだ。アレクは四十分間、一度たりとも腕を下げなかった。マナポーションを飲む暇などあるはずが無い。

ただ、それが分かっていた私も、彼らの言葉を否定することは出来なかった。

悔しさが、私の口から出るはずだった否定の言葉を呑み込ませてしまった。

■

『魔法学』の講義の翌日。本日は俺――アレクが待ちに待った、ネフィリア先生の講義だ。

講義が行われる会場に入った時、アリスと目が合ったのだが、普通に無視された。

昨日も食堂に行ったら殆どの席が埋まっていて、運良くアリスの近くの席が空いていたから座ろうとしたら、睨まれてしまった。

理由は分からないけど、入学式の日の態度からしても、どうやらアリスは俺のことが嫌いになってしまったみたいだ。名前を言っても、「どなたですか？」だからな。

アリスの周りには常にクラスメイト達がウヨウヨしていて、俺が立ち入る隙はない。まぁ友達が出来るようになって良かったと思うしかないな。

それに、学園に来た目的の一つは果たすことが出来た。三年間あれば、いつかはアリスと仲直り出来るだろう。

俺は会場の前の方の席に座り、講義が始まるのを待った。

定刻になると前の扉から、ちょこちょこと先生が入ってきた。今日は荷物は少なめのようでしっかりと歩けている。教壇に立つ姿は、正直言って先生には見えないけど。

「はい！　時間になりましたので、これより『ダンジョンの仕組み』の講義を始めさせて頂きます！　担当は私、ネフィリアです。どうぞよろしくお願いいたします！」

そう言って勢い良く頭を下げて、教壇に頭を強打するネフィリア先生。

ぶつけたところを押さえて痛みを我慢しているのがなんとも可愛らしい。

「ご、ごめんなさい。コホン！　それではお話させて頂きます！　まず皆さん、ダンジョンとは何なのか知っている人居ますか？」

先生が気を取り直して講義を進め始め、生徒に質問を投げかける。

手を挙げられる人は居ないかと思ったが、アリスが一人挙手をしていた。先生はアリスを指名して答えさせる。

「ダンジョンとは『侵入者を殺す』という明確な目的を持った、生命体のようなものです。自らの体内に侵入してきた敵を、モンスターを生み出すことで駆除しようとします。中にはモンスターだけでなく罠が存在するダンジョンもあります」

そこまで話すとアリスは着席した。

「素晴らしい!!　そうですね！　ダンジョンとはモンスターや罠を自ら生み出すことが出来る、生命体のようなものです。人間にとって魅力的な『宝』を設置し誘い込み、捕食する狡猾《こうかつ》な生き物と思ってください」

先生がアリスが言ったことを肯定したので、周りから「流石アリス様」と聞こえてくる。

「この学園で管理されているダンジョンは、千年前に邪神を倒したと言われている勇者ウォーレン様が作ったとされています。そのため、外にあるダンジョンに比べれば難度は低いです！　では、外のダンジョンと何が違うのか分かる人は居ますか？」

この学園のダンジョンは勇者が作ったのか。勇者ウォーレンて魔法も超一流だし、そんなことまで出来るとか凄い人だったんだな。

その勇者が作ったダンジョンと外のダンジョンでは何が違うか、答えは簡単だ。人が作ったものかそうでないかだろ？

「正解は『敵がモンスターだけである』ということです。外のダンジョンには色んな人間が出入りします。本来の目的であるダンジョン攻略をしに来た人、はたまたダンジョンの性質を利用した『殺人』を目的に来る人。その点だけでも、外のダンジョンは遥かに危険なのです」

全然違った。手挙げなくて良かったー！

言われてみれば、学園のダンジョンに入るのは学園の関係者だけだもんな。

「次に、ダンジョンの『性質』について説明していきます。ダンジョン内に居るモンスターを倒した場合、残るのは魔石だけになります。モンスターを倒した場合、外では死体が残りますが、ダンジョン内では時間が経つと粒子となって消えていきます。ダンジョン内で死亡した人間も同じ目に遭います。ですから皆さん、絶対に死んではいけませんよ！」

ネフィリア先生は力強く告げる。

「加えて、ダンジョンのモンスターは、外に棲息しているモンスターとは生き方が違います。外のオークは子孫を残すため、人間の女性を連れて帰る習性がありますが、ダンジョンで生まれたオークは一切そんなことはしません。女性であろうとすぐに殺されてしまいます」

多分生まれ方の問題なんだろう。ダンジョンのモンスターはダンジョンの目的を果たすために生まれてくる。その目的が侵入者の排除なんだから、違って当然だ。

「さらにダンジョンは次元が歪《ゆが》んでいて、通常では考えられない程の広さになっています。入ったきり帰ってこれないという人も稀《まれ》に出てくるので、帰り道が分かるようにしましょう」

その後もネフィリア先生は、どんどんダンジョンの説明をしていく。

それだけではなく、学園内のダンジョンに入る時のルールも説明された。

ダンジョンに行く際は、受付でクラス、名前、帰還予定日を告げなければならない。

ダンジョンに入っていられるのは最長二週間。それ以上が経過した場合、救助隊を派遣する。

誰がどのダンジョンに入っているのかは、受付の上にあるボードで確認する。

初めはFランクダンジョンからスタートし、攻略出来ればEランクダンジョンに行ける。

ダンジョンで入手した魔石やドロップ品は、受付で買い取って貰える。

パーティーは最大五名まで。

話をまとめると、ざっとこんな感じだ。

「最後になりますが、明日の『実技演習』の講義が終了すれば、Sクラスの生徒はダンジョンへの入場が許可されます。ですが、しっかりと知識を蓄《たくわ》えてから挑戦してください。どうか命を大切にしてください」

先生はダンジョンの説明の最後に涙ながらに訴えた。命を大切にして欲しいと。

それと同時に講義終了のチャイムが鳴る。講義を聞いていた生徒はスタスタと講堂を出ていってしまった。

先生はその様子を見てため息をつき、荷物をまとめ始める。

俺はすぐさま先生のもとへ走った。

「先生、講義とっても勉強になりました。楽しかったです！」

「あぁアレク君。それは良かったです。でも、みんなの心には響いていなかったみたいですね……」

先生は一瞬元気になったものの、すぐに落ち込んでしまった。

「そんなことないですよ！　きっとみんなも慎重に行動するはずです！　ほら帰って高級アッポウジュースでも飲みましょう！」

先生は満面の笑みになり、元気よく歩き出した。

「先生の分はありますけど、アレク君の分はありませんからね！」

そう言っても、先生はきっと分けてくれる。

そんな気がした。

■

入学してから三日目の朝。

今日はダンジョンへ行くための最後の講義『実技演習』の日だ。

予想だと、パーティーを組んで仮想敵と戦闘してみるとか、そんな講義だろう。

俺は講義開始五分前に演習場に到着した。

やはり今日もアリスの周りには人だかりが出来ており、俺が来たと同時にひそひそ話を始めた。

どんな話をしているか分からないが、どうせ碌《ろく》な内容ではないだろう。

定刻から五分が過ぎた頃、演習場の入り口からゴリラとライオンを混ぜ合わせたようなムキムキな先生がやってきた。

「わるい！　朝飯食ってたら遅れちまった！　これから『実技演習』の講義を始めるぞ！　集まれ！」

皆が急いで集合する。

「俺の名前はライオネル・リンガ！　気安くライオネル先生って呼んでくれや！」

姓持ち、爵位を持っている先生ってことか。初めてだな。

「まぁ自己紹介はこんくらいにして、講義を始めるぞ。全員木剣は持ってきたか？」

俺達は入学後に支給された木剣を持ち、返事をした。

「よーし、じゃあ全員で打ち合え。魔法職のものもな！」

魔法職の生徒が不満を示す。デイルが先生に食ってかかった。

「失礼ですが先生。我々には剣を学ぶ理由がないのですが。我々には魔法という最大の武器があるので」

デイルが自慢げに手のひらに火を出す。同時に、魔法職の生徒達は先生にヤジを飛ばし始めた。

どうやら貴族の子供っていうのは皆、プライドが高いみたいだな。

剣を学ぶ理由なんて誰でも分かるだろう。

接近戦に持ち込まれた時、魔法の発動速度よりも剣を振るう速度の方が明らかに速い。

勿論、近づけさせないように戦いを進めるのが基本だ。だが、万が一の場面に備えておかなければいつか痛い目を見るぞ？

「あそ！　じゃあそう考えてる魔法職のやつらは剣やんなくていいぞー！　そうだな、的に向かって魔法でも撃っててくれや」

だが先生はデイルの意見を受け入れ、魔法職に剣を振らせることを強制しなかった。

俺は勿論、先生に言われた通り打ち合いをしようとしたが、いかんせん相手が見つからず一人で素振りをしていた。

四十分程経過して、ライオネル先生から集合の声がかかった。魔法職の人間も言われた通り集合する。

「じゃあ今から戦闘試験をするぞ！　もし不合格になったら、ダンジョンに行けるのは一週間後に再試験を受けて、合格してからだからな！　そんじゃ二人ずつ適当に名前呼んでくから模擬戦してくれ！　勝敗は試験には関係ないからな！」

そう言って先生はすぐに二人の名前を呼び、模擬戦を開始させた。

案の定、『剣士』などの前衛職VS『魔導士』などの後衛職という模擬戦だ。

結果は勿論前衛職の圧勝。

俺と同じレベルで魔法の発動が出来るなら余裕で勝てると思うが、普通の生徒は詠唱に時間がかかり、魔法の速度も遅い。その間に剣士に詰めてこられたら、当然接近戦に持ち込まれてしまう。

『魔導士』のデイルも負けてしまった。

するとデイルは何を思ったのか、ライオネル先生に抗議を始めた。

「先生！　どう考えてもこちらが不利です！　戦闘の開始位置が近すぎます！　それに魔法発動の準備をさせてから試合を開始してくれなきゃダメじゃないですか！」

「ん？　何がダメなんだ？」

俺は先生の返しに思わず噴き出してしまった。

デイルは俺を見て、顔を真っ赤にしている。

周りにいた魔法職の生徒も、デイルの抗議内容が正しいと思っているみたいだ。

「何がダメですって？　これじゃ魔法を発動することが出来ないんですよ！　分からないんですか？」

「あぁそんなことか。じゃあそうやってモンスターに頼んでみたらどうだ？」

デイルは口をあんぐりと開けてしまった。

「そんなの無理に決まってるじゃないですか！　第一、今は対人戦です！　相手に言えば理解出来るでしょう！」

先生がやんわりと教えてくれたのに、どうやらデイルは先生が言った言葉の意味を理解出来ていないようだ。

「人だろうがモンスターだろうが、今から殺すぞ！　って相手にお前はお願いすんのか？　こういう戦い方してくれってよ」

「は？　なんでそうなるんですか？」

おいマジかよ。これで理解出来ないとか、デイル君ちょっとヤバいんじゃないの？

「お前馬鹿か？　何のための演習だと思ってんだ？　ダンジョンに行って死なないための演習だろ？　それなのに、なんでお前の都合のいいように模擬戦をしなきゃいけないんだ。モンスター相手にそれが通用すると思ってんのか？」

先生は頭をポリポリ掻きながら、呆れたように言葉を返す。

デイルもようやく自分が言っている内容がおかしいことに気づいたらしく、顔を真っ赤にして後ろへと下がっていった。

「いいかお前ら。戦場で自分の都合のいいように出来ることなんか、百パーセント無いと思え！敵は不意に現れるし、魔法が使えなくなる状況だって来るかもしれない。そのために俺は剣を使えるようにしとけって言ったんだよ。分かったか！」

ライオネル先生が声を荒らげて説教をする。

魔法職だけではなく、皆に伝えたかったのだろう。常に不利な状況で戦うことを考えろと。

そして俺の順番がやってきた。相手は『剣士』の男の子……だったが、アリスが先生に声をかける。

「先生。アレクさんのお相手、私に変更して頂けませんでしょうか」

「ん？　なんでだ？」

「アレクさんは自己紹介の時『魔法も剣も両方使える』とおっしゃったので。剣を修めるということがどういうことか、私が理解させてあげたいなと」

確かに言った。というか、ちゃんと自己紹介覚えていてくれたんだなアリス。

まぁ俺としてもここでアリスと剣を交える機会があるのは嬉しい。この機会に、アリスがなぜ俺のことを嫌っているのか知っておきたい。

「俺は全然かまいませんよ、先生」

俺がアリスの提案に乗ったことで、先生はしぶしぶ対戦相手の変更を認めてくれた。

クラスメイトは全員アリスの味方になり、全力で応援している。

「さぁ両者剣を構えろ！　正々堂々と戦いなぁ！」

ライオネル先生が右手を挙げながら叫ぶ。

「構えなさい」

アリスが剣を構えて俺の前に立つ。

「……行くわよ」

アリスがもう一度強く剣を握り直し、剣先を俺へと向けた。

「はじめ!!」

合図と同時にアリスが突っ込んできたのを、俺は軽々と右に躱《かわ》して剣を振り上げる。

痛いかもしれないが我慢してくれ。

そう思いながら、アリスの背中目掛けて振り下ろした剣は空《くう》を切った。

アリスは目にも留まらぬスピードで俺の攻撃を回避したのだ。

「やるなアリス！　よく避けたな！」

「え、えぇ。貴方こそよく躱しましたね」

「まぁ見え見えだったしな。さぁ次は俺の番だ！」

そう声をかけると同時に、地面がへこむ程の蹴りで一気にアリスとの距離を詰める。

突然目の前に現れた俺に驚き、剣を横に振るうアリス。

俺はそれをしゃがんで避け、アリスの腹目掛けて突きを放つ。

だがまたしても俺の突きは外れ、アリスは離れた位置に移動していた。

おおよそ人間とは思えない速度で回避したアリス。

「スキルか」

俺の呟きに、剣を構えていたアリスはビクッと体を震わせた。

■

「スキルか」

その言葉に私——アリスは思わず体を震わせる。

(なんでバレたの！　他に『縮地』を使える人を見たってこと？)

アレクが言った通り、私がアレクの攻撃を避けるのに使ったのは『縮地』というスキルだ。

今のところ私が使える回避スキルはこれだけ。それに今の私じゃ、一日に三回以上使えば足に負荷がかかってしまう。

どうする？　このままじゃ間違いなく私が負ける。

啖呵《たんか》きって対戦相手を変更して貰ったのは私の方。

ここで負けたらいい笑い者だ。仕方ないけどこうするしかない。

「そうよ。『縮地』っていうの。それで貴方はどんな不正をして私の剣を避けたの？」

私はさも、アレクが不正をしているかのように叫ぶ。

周りの生徒はそれを聞き、アレクに罵声を浴びせ始めた。

アレクが不正をしていないことは私が一番分かってるのに。

本当の実力では敵《かな》わない、と言ってしまっているようなものだ。その悔しさから、思わず唇を噛んでしまう。

でもだからってここで負けるわけにはいかない。

アレクを見返すためにも、アレクに私を認めさせるためにも、ここで勝つ!!

「不正なんてしてない。戦ってるアリスが一番分かるだろ？」

「いいえ分からないわ。もし不正をしていないと言うなら、次の一撃、避けないで貰えるかしら？

貴方が私の剣を躱せる程の強さがあるというのなら、私の剣くらい当たったって痛くも痒《かゆ》くもないでしょ？」

アレクは、何でそんなことを言うんだ？　という顔をしている。

私は剣を構え直してアレクを挑発する。

一撃入れられれば間違いなく勝てる。だから私の挑発を受けなさい！

「はぁ……分かったよ。次の一撃は絶対に避けない。どこからでも打ってきていいよ」

それを聞いて、思わず心の中で笑みを浮かべた。負けて後悔しても遅いんだから！

「ありがとう。じゃあ……いくわよ！」

■

次の瞬間、アリスの姿が消えて、俺――アレクの目の前に現れた。

アリスの両手に握られた木剣は真っ直ぐに俺の額目掛けて飛んでくる。俺はそのままアリスの攻撃を防御することなく、生身で受け止めた。

予想していた衝撃よりも遥かに重いものだった。オーガキングが『剛力』を使ったのと同様に、アリスも何かスキルを併用して攻撃してきたのだろう。

俺はそのままアリスに突き飛ばされて、十メートル程吹き飛んだ。

「終了!!　そこまでだ！」

ライオネル先生が俺とアリスの間に割って入り、模擬戦は幕を閉じた。俺がその場から起き上がると演習場は歓声に包まれており、勝利したアリスは皆に囲まれていた。

「アレク、大丈夫か？」

ライオネル先生が俺を心配して声をかけに来てくれた。

「大丈夫です。それより俺、試験は合格ですかね?」

俺が自分の体より、試験の合否を心配していることに先生は笑っていた。

「勿論お前もアリスも合格だ! ダンジョンには気をつけろよ!」

先生は俺にそう告げ、生徒達のもとへと戻っていった。

「結局、なんで俺のこと嫌いになったのか分からなかったな」

その後も模擬戦は続き、試験の結果、俺以外の魔法職は全員が再試験となった。

■

「クソ! クソ! クソォ!!」

『実技演習』の講義も終わり、私——アリスは一人学園内を歩いていた。

こんな悪態をついているところを誰かに見られるわけにもいかず、人気《ひとけ》のないところへと自然に足が進んでいく。

私とアレクはダンジョンへの挑戦を許された。

しかし、今の私にとってそんなことはどうでもいいのだ。

アレクとの模擬戦、アレクは私の『縮地』からの『強突《パワーラッシュ》』を受けて吹っ飛んだ。

それなのに、アレクは何食わぬ顔で起き上がって私の方を見つめてきたのだ。

先生に声をかけられても平然と受け答えをしていたし、何か異常を起こしていたわけでもないだろう。

つまり私の本気の一撃を無防備に食らっても、何一つダメージを受けなかったということ。

「なんで！　私は『剣聖』なのよ！　なのに……なんで私の剣を避けれるのよ!!　それどころか反撃すらしてきて！」

私は剣を握り、ブンブンと振り回す。こうでもしないとモヤモヤした気分が晴れないからだ。

そして、ふと私が昔から推測していた一つの考えが正しかったことに気づいた。

やはりアレクの職業はとんでもないものだったのだ。

私の『剣聖』よりも。

だから私との関係性を断ち、この年齢になるまで秘密の特訓をしていたに違いない。

私と友達でいる必要が無いから。そのことに気づいた私は涙を流す。

「私は……どんな職業でも……友達でいようって思ってたのに」

流れ出した涙は止まらない。悲しみと悔しさが入り混じった涙。

アレクを見返すために、アレクより強くならなければいけないのに、私とアレクには埋められない差がある。

「私の五年間……何だったのよ」

唇を噛みしめる強さは次第に強くなり、血が流れ始めていた。

その時木陰から、フードで顔を隠した人物が姿を現した。

「ねぇ君、なんで泣いてるの？」

何者かは軽い口調で話しかけてきた。

私は涙をぬぐい、剣を握る力を強め、身構えた。

「あーごめんねぇ、そんな怖がらないでよ！　悪い人じゃないんだよ？　とってもいい人さ！」

怪しい風貌で、声を聞いても男性か女性か分からない。信じられる要素が一つもなかった。

そんな信用出来ない相手なのに、なぜか私は返事をしてしまう。

「私に何の用」

「おっ！　いいねぇお話してくれる子大好き！　もしかしてだけど辛いことあったでしょ？」

私は先程まで泣いていたのだ。それくらい誰だって分かるだろう。

「くだらないわね。もしそうだったとしても、貴方には関係ないわ」

私は剣を腰にしまい、横を通り過ぎようとする。

話を聞こうとしない私に焦って、何者かは慌ててフードを取った。

「あー待って待って！　僕の名前はジョー！　しがない商人さ！　今日はこの学園に品物を卸しに来たんだけど、そうしたら君を見かけてね。辛そうな顔をしてたから、何か力になれないかなーって！」

ジョーの髪は茶色で、目は薄い黒色、種族は人間のようだ。

素性を明らかにしたことにより、警戒心が少しだけ薄れる。学園の関係者なら、変なことはしてこないだろう。

「力に、ね。どうやって力になってくれるのかしら？」

「もし僕が、その辛さを何とか出来るって言ったら？　例えばそう、誰にも負けない圧倒的な力を手に入れられる……とかね」

私は思わずジョーを睨みつける。

なぜ私が強さを求めていると分かったのか。確かに学園では、ダンジョンへ潜るために最低限の強さが必要だ。その強さが足りず、泣いていると思われたのか？

まぁ深く考えるのはやめよう。いくら素性が分かっても、どっちみち断るのだから。

「もし私がそれを求めていたとして、貴方はどうやってそれを私に与えるの？　無理なことは口にしないことね」

そう言って再び歩き出そうとした時、ジョーは胸元からネックレスを取り出した。

魔石のような形をした透明な石を中心に、きらびやかな装飾が施されている。

「じゃじゃーん！　このネックレスをつければ、君が求める強さへの手助けをしてくれる！　色んな効果があるけど、例えば『倒した敵の経験値が多く入る』とかね」

「馬鹿にしないでくれる？　そんなものが存在するわけないじゃない。もしあればとっくに販売されているはずよ」

私にとっては凄く魅力的な効果だ。今までもモンスターを倒してきたことはあるが、レベルが上がる毎に、倒さなければならないモンスターの数も増えてきたのだ。

しかしそんなうまい話があるわけない。

「実はこれ、最近出来たものなんだよ！　だから使ってくれそうな人に売りに来てるってわけ！　学園でも実績が出来たら販売してくれるってさ！　普段は金貨十枚で売ってるんだけど、そんなに疑うなら金貨一枚でいいよ！　効果なさそうなら返品可能だし！　まぁ嫌なら学園で販売されてから買ってくれればいいよ！」

私はジョーの話を聞いて少し焦る。もし学園で販売されたら他の生徒の手にもわたる。勿論アレクにも。

それに金貨一枚なら、返品はともかく、もし使えそうになくても捨てればいいだけのことだ。この安さなら使ってみるべきだろう。

「いいわ。そのネックレス買ってあげる。ただし、何かあったらただじゃおかないから。覚悟しておくことね」

「まいど！　大丈夫大丈夫！　安心安全がモットーのジョー商会ですから！」

私は金貨一枚を渡し、ジョーからネックレスを受け取る。

ジョーはフードを被り直し、学園内の道を歩いていった。

私は購入したネックレスを早速首につける。

「これで私は貴方より強くなれる」

一瞬、意識が遠くなった気がしたが、何ともないようだ。

胸元の石は、変わらず無色透明に輝いていた。

■

入学式から四日後。

昨日の『実技演習』で行われた試験に合格したことで、俺――アレクはダンジョンへ入る資格を得た。

「では、ステータスカードを返却いたします」

俺はFランクダンジョンの受付の人からカードを返して貰い、手続きが終わるのを待つ。

しばらく待つと、受付の上のボードに、俺の名前と「探索中」という文字が表示がされた。

どうやらこんな感じで、誰が探索しているのか確認出来るようになっているらしい。

よく見ると最上段には「攻略済」という欄があった。

まだそこには誰の名前も表示されていない。

このボードから察するに、どうやらダンジョン一番乗りは俺のようだ。

多分他のクラスメイトはパーティーを作るのに必死になっているのだろう。

俺はそんなことをする必要がない。だってボッチなんだからな。

「手続きが完了しました。本日より最長二週間、ダンジョン内での探索が許可されます。貴方は帰還予定日を四日後にしてありますので、六日後には救助隊が派遣されます。なおFランクダンジョンは、転移の陣が最下層の地下五階にしかないため、帰還する場合は各層の階段を上って戻ってきてください。見事ダンジョンを攻略した場合、受付横にあります転移の陣に転移するようになっております」

来週のネフィリア先生の講義『ダンジョンの仕組み』に出席するために、前日には帰ってこなきゃいけないからな。余裕を持って行動しよう。

二日後には救助隊が派遣されちゃうみたいだし、迷惑かけるわけにはいかない。

俺は街の装飾店で購入した懐中時計を開き、現在の時刻を確認する。

まだ午前十時を回ったところだ。これから針が九回まわる前に寮に帰れば、授業には間に合うな。

「分かりました！　色々とありがとうございます！」

俺は受付の人に挨拶をしてダンジョンの入り口へと進んでいく。

階段を下りると、そこは洞窟《どうくつ》のような場所だった。

横幅は人が五人くらい立っても余裕で歩ける幅で、高さは三メートルくらい。

入り口からしばらく歩いているはずなのに、なぜか洞窟内部は明るくなっている。地面や壁自体が少し発光しているようだ。

俺は早速『探知』スキルを使い、ダンジョンの様子を確認する。

すると、前から三体のゴブリンが歩いてくるのが分かった。

『探知』スキルはランクアップして（中）になり、敵の魔力の大きさや数、距離も分かるようになった。姿形までは分からないんだけど、魔力の大きさで判断出来る場合もある。

やがて見える範囲にゴブリンがやってきた。

俺はすぐさま一体に対して『鑑定』をかける。

【種族】ゴブリン
【レベル】1
【ＨＰ】15／15
【魔力】5／5
【攻撃力】Ｆ
【防御力】Ｆ－
【敏捷性】Ｆ－
【知力】Ｆ－
【運】Ｆ－

【スキル】

初級剣術

他の二体も同じステータスで、スキルだけ『初級棒術』だった。

「よし！　実験体のお出ましだ！」

俺は右手を前方に向けて、いつものように魔法を放つ。

「『火矢《ファイヤーアロー》』！」

六発の『火矢《ファイヤーアロー》』が三体のゴブリンを襲い、小さな爆発を起こす。

俺はすぐに『鑑定』を使い、ＨＰが０になっていることを確認してからゴブリンに近づく。

ゴブリンの亡骸はまだ粒子になっておらず、その場で横たわっている。

ネフィリア先生が言っていた通り、時間が経過すれば粒子になるのだろう。

ならば、その前に『解体』を使ったら？

外のモンスター同様、スキル玉と魔石の両方を手にすることが出来るのではないか。俺は少しの望みをかけて、ゴブリンの亡骸に『解体』を発動した。

すると目の前にあった三体のゴブリンの亡骸は粒子となり、あとにはスキル玉と魔石が残った。

「よし！　これでダンジョン攻略とスキル玉集めの両方が出来る！　一石二鳥だな！」

俺は入手したスキル玉を『収納』し、あることを確認する。

「よし、増えてるな。やっぱり『収納』にしまうと、同じ内容のスキル玉は一つに集約されるみたいだ」

今回のスキル玉で確証を得た。俺の『収納』には『初級剣術』のスキル玉が一個あるのだが、内容が（＋342）となっているのだ。

つまり、ゴブリン三百四十二体分のスキルが一つに集約されていることになる。他のスキルも同様だった。

さて、その後も何度かゴブリンやブルースライムと戦闘したが、結果は一戦目と同じで、粒子になる前であれば『解体』のスキルは間に合った。

この調子でいけば、アルテナの言っていた強さに届くかもしれない。

俺はさらに気を引き締めてダンジョンを進んだ。

「うーん、やっぱりマッピング用の用紙とペン持ってきといて良かったな」

俺は立ち止まり、歩いてきた道のりを書き記していた。

ネフィリア先生に言われたとおり、帰り道を記憶するために用紙とペンを持ってきていたのだが、どうやら正解だったらしい。

ダンジョンはめちゃくちゃ広い。戦闘したり昼飯を挟んだりしたとはいえ、六時間歩いても、未だに下へと続く階段は見つかっていない。

ウォーレンが、生徒達が入り乱れて戦闘をしないように広く作ったのだろう。なかなか手が込んでいる。

俺はこういった地道な作業が好きだから、出来れば端から端まで地図を描きたいんだけどな。

そうすれば道を間違えることは無いし。もしかしたら新入生に売れるかもしれない！

俺がやましいことを考えていると、ようやく目の前にお目当てのものが現れた。

「あった！　階段だ！」

階段の印をマップに記載し、俺は下層へと続く階段を下りていった。


「――よし、そろそろ行くか」

ダンジョン探索三日目。昼飯を食べ終えた俺は、冒険を再開する。

俺は今、ダンジョンの地下三階にいる。

一日一階下りるペースで来れているから、順調と言えるだろう。

Fランクダンジョンだからか、モンスターの種類は地上とあまり変わらない。

さらにいつもの野営のように周囲を『土壁《アースウォール》』で覆ったところ、八時間くらい経過した時点で自然に崩れ落ちた。

どうやらダンジョンが創造した物でない場合、時間が経過すると消滅してしまうみたいだ。

そして、何度かダンジョン内の戦闘を経験したから言えるが、生徒のステータスでソロ攻略はめちゃくちゃキツイと思う。

俺は『探知』スキルと連発可能な魔法があるため一人で進めているが、デイルや他の生徒だと、多分一階すら進めない。

なぜなら、外に比べて圧倒的にモンスターの数が多いからだ。

必ず複数で行動しており、多い時だと五匹で行動していることもあった。

そうなると、一度の魔法で殲滅するには広範囲の攻撃魔法を放つしかない。

それが出来ない場合、数を減らして接近戦に持ち込むか、後退しながら魔法を放つか。

しかしそんなことをしていたら、別の場所からモンスターが参戦してくる。

俺の理想は、前衛二人、後衛二人、支援職一人というパーティーだ。

まぁそんなことを言っても、俺のクラスでの地位は最下層だからな。なんだか考えていると悲しくなってきた。この話はやめよう。

あとは食糧について。

俺みたいに『収納』スキルを持っているか、または収納袋を持っていないと攻略は不可能。

パーティーを組むなら、人数分を持ってこなきゃいけない。

まぁ貴族のお坊ちゃん方なら高級な収納袋を持っているか。

俺は考えごとをしながらも、相変わらずペンと紙を手に持ちマッピングしながら歩く。

やっぱり広いな。『探知』スキルがランクアップすれば少しは楽になるかもしれないけど。

分かれ道を右に行って行き止まりなら戻ってきて、そんなことを繰り返しているうちに『探知』

にモンスターが引っかかる。

「七匹か。最高記録更新だな」

手に持っていた紙とペンを『収納』にしまい、右手に剣を持つ。

現れたのはゴブリン四体にコボルド三体。どうやら別々の組み合わせだったのが合体してしまったようだ。

モンスターも俺を視認したのか、武器を手に取り叫び声を上げている。もう既に何万回と聞いたゴブリンの叫び声だ。

俺はモンスターに向かって勢い良く走り出し、剣に魔力を込めた。

「悪いがお前達の出番は来ない！　はぁぁ!!」

俺は雄叫びを上げ『威圧』を発動する。

その瞬間、今にも俺に飛びかかってきそうだったモンスターは硬直し、カタカタと震え始めた。

硬直を解こうと必死にもがいているのか、俺に怯えているのかは分からない。

俺は振りかざした剣で、次々とモンスターの首を刎《は》ねていく。

七匹目のゴブリンは『威圧』から解放され、剣を振り上げたがもう遅い。

流れでその心臓を一突き。ゴブリンの一撃が振り下ろされることは無かった。

俺は剣を一振りし、付着したモンスターの血を飛ばしてから鞘にしまう。

この、魔鉱の剣の良いところは、魔力を流すと切れ味が良くなるだけでなく、手入れが必要ないところだ。

俺には剣の知識なんて全くないので、手入れの仕方も分からない。

剣を購入した当初は、しばらくしたら手入れの仕方をグロッグさんに聞きに行こうと考えていた。

しかし剣の切れ味は落ちることなく、寧ろ戦闘をこなすごとに良くなっている気がする。

程なくして、俺は次の階へと続く階段を見つけた。

そのまま下りても良かったが、まだこの階の探索は終わっていないし、階段の位置だけメモをして引き返すことにした。

それから何度かゴブリンやブラックバット、コボルドと遭遇したが、いずれも地上のモンスターと強さは変わらず、すぐに勝利した。

ゴブリンから入手した『初級剣術』のスキル玉を『収納』にしまい、＋の数が３４４になったことを確認する。

このスキル玉を使用すれば、俺の『中級剣術』スキルは『上級剣術』へランクアップする。

どうしようかと悩んだが、結局今使うことにした。後で使おうが今使おうが変わらないし。

俺は自身のステータスを確認し、スキルが『上級剣術』にランクアップしたことを確認した。

これで、肉体の限界を超えた剣技が放てるようになったのだ。

俺はワクワクしながらモンスターを探し始める。出来れば集団がいい。

探し始めて十五分、五体のゴブリンの集団を見つけた。

「ふっふっふ。俺の相棒、魔剣ゼヘラビュートの錆《さび》にしてやるぜ！」

俺はスキルがランクアップした高揚感から、自分の剣に中二病的な名前をつけてしまった。

冷静になれば、身悶《みもだ》えする程ダサいかも知れない。

そのまま俺は『威圧』スキルも魔法も発動することなく、剣だけを握りしめて、ゴブリンの集団へと突っ込んでいく。

「まずはお前だ！　『閃光斬《せんこうざん》』！」

スキル名を発したと同時に、俺の体は急加速した。

そのまま目にも留まらぬ速度で、標的であるゴブリンの首を撥ね飛ばす。

高速で移動したにもかかわらず、俺はしっかりとゴブリンの首を視認しながら剣を振るうことが出来た。多分スキルの影響だろう。

「次行くぞ！　『十字斬撃波《クロスウェーブ》』！」

今度はその場で剣を十字に振るう。剣は空を切ったかと思うと、衝撃波となった斬撃がゴブリンへと飛んでいき胴体を切り刻む。

「さぁどんどん行くぞ！　『五連強突《クインティプルラッシュ》』！」

今度は突きの構えを取り、突進していく。攻撃範囲内にゴブリンが入った瞬間、一秒の間に五連の突きを浴びせる。

「これで終わりだ！　お前達の罪を数えろ！　『剣気解放』！」

叫ぶと同時に、俺の体から衝撃波が周囲に飛んだ。

衝撃波でダメージを与えるということではなく、己の体と剣に宿る魂を一つにする技で、自身の全ステータスを一時的に僅《わず》かだが上昇させる。これは書物で読んだことがあった。

怯え、震えているゴブリン二体目掛けて一振りすると、二体とも、胴体を上下で分けることになってしまった。

戦闘が終わり落ち着いてきた俺は、急に恥ずかしくなった。

「なにが『魔剣ゼヘラビュート』だ。オーバーキルにも程があるだろ」

誰か見ているわけではないが、顔を押さえて『解体』していく。

「次は何かがランクアップしても、こうはならないぞ」

俺は剣を鞘にしまい、今日はもう抜かないと決め、次の戦闘へと向かった。


「――やっぱり、俺以外はまだ誰も来ていないようだな」

ダンジョン攻略五日目の夕方十六時。

Fランクダンジョンの地下一階で、俺は周りを見渡しながら呟く。

五日目は、地下三階から地下四階に下りて攻略を進めた。

上の階層と何ら変わり映えもなく、ただ最下層への階段を見つけるだけの内容だった。

ゲームみたいに宝箱があるわけでもないし、何かアイテムを入手出来る場所があるわけでもない。

結局お昼頃には、最下層への階段を発見しマッピングを完了させた。

そのあとお昼を食べて現在は地下一階に戻ってきたのである。

マップを見ながらでも約四時間は移動にかかっているので、ダンジョンが相当広いことが分かるだろう。

今日で一旦地上へと戻り、早ければ明後日には攻略を再開する。そうすれば今週中にもFランクダンジョンの踏破《とうは》が出来るだろう。

そして俺がダンジョンに入って五日目、つまりSクラスの生徒にダンジョン攻略の許可が下りてから五日経過したというのに、地下一階には誰もいないのだ。

案外、皆小心者で対策を練っているのかもしれないな。

そのあと受付に戻りボードを見たが、俺以外にダンジョンに入っている者はいなかった。

俺は帰還報告をして入手した魔石の半分を買い取って貰った。全て出すと多すぎるかもしれないし。Fランクダンジョンの魔石は、基本的に銅貨一枚程度の値段みたいだ。

その後、俺は寮に戻り、翌日の講義に備え、早めに眠りについた。

「――皆さんが攻略することになるFランクダンジョンには、ゴブリン、コボルド、ブラックバット、ブルースライム、レッドスライムが出現します」

翌日、俺は約束した通りネフィリア先生の講義を受けていた。

先週の先生の涙ながらの説得も空《むな》しく、Sクラスの生徒は俺以外参加していない。

「最下層にはダンジョンボスが存在し、このモンスターを討伐することで見事ダンジョン踏破ということになります」

俺が昨日までの探索で行ったのは四階の階段まで。その下の階にいるダンジョンボスを倒せば、俺が最速踏破の称号を得るわけだ。

今週中に踏破して、来週の講義でネフィリア先生を驚かせてやろう。

「ここで一つ注意して欲しいのが、各階層にも、階層主と呼ばれるモンスターが存在しています。そのモンスターは日によって変わりますが、通常徘徊しているモンスターよりも強く、基本的には一匹で行動していることが多いです。ですが中には群れで行動する階層主も居ます」

階層主だと？　昨日までの探索で一匹で徘徊しているモンスターなんて居なかったし、別に特段強いやつも居なかったぞ？

もしかしたら秒殺してしまい、気づかなかったのかも知れない。次から注意して探してみるとするか。

「また、ダンジョンには『変貌期』と呼ばれる期間が極《ごく》まれに訪れます。その期間中は徘徊するモンスターも強くなり、階層主、ダンジョンボスも一段と強くなります。もしダンジョン内の異変に気がついたらすぐに帰還して、先生に報告するようにしてください」

ネフィリア先生が話し終えたタイミングで、丁度チャイムが鳴り、今日の講義は終了となった。

俺は生徒達の流れに逆らい、先生の方へと進んでいく。

「ネフィリア先生、今日もお疲れさまでした」

俺がネフィリア先生に挨拶をすると一瞬笑顔になったものの、すぐにどんよりした顔になってしまった。

「アレク君。……やっぱりSクラスの生徒は来ませんでしたね。先生の思いが届いているといいのですが」

ネフィリア先生はため息をつきながら荷物を持ってトボトボと歩き始める。俺も急いで先生の横に行き励ましの声をかけた。

「大丈夫ですよ先生！　俺、先週からダンジョンに潜っていて昨日帰還したんですけど、他の生徒には誰にも会いませんでしたから！」

「そ、そうでしたか！　それなら良かったです！　やっぱり先生の気持ちは伝わっていたんですね！」

ネフィリア先生はホッと息をつき安心した表情になる。やっぱり子供は笑顔が一番似合うな。

その後、俺と先生はしばらく無言のまま歩いていた。

「……アレク君」

「何ですか先生？」

「さっき貴方なんて言いました？」

一緒に歩いていたネフィリア先生が急に立ち止まり、俺の方に顔を向けて話しかけてきた。顔は満面の笑みなのだが、目の奥からはなぜか怒りが読み取れる。

「生徒には誰にも会いませんでした。ですか？」

「そこじゃないです。もっと前です」

「もっと前……あー！　先週からダンジョンに潜ってたってとこですか？　それなんですけど先生！　先生が言っていた階層主にも会いま……」

「バカーーーーーーー!!」

先生はいきなり、両手をぐるぐる回しながらポコポコと俺を殴りつけてきた。

全く痛くないし、寧ろ先生が可愛いから癒しにしかならないのだが、なぜ先生にバカと言われなければならないんだ。

「アレク君！　あれだけ先生が、よく準備してからダンジョンに行くように注意したのに！　なんですぐに行っちゃうんですか！　バカなんですか！　もしかして君の頭はゴブリンなんですか！」

「す、すみません！　『実技演習』の試験も合格したし、ちょっとぐらいなら良いかと思って。ちゃんとマッピングするために道具も持ちましたし、収納袋も用意して食糧の準備も万端にしていきましたよ！」

先生に怒られた俺は、慌てて言い訳をする。

俺は自分がゴブリン程度には負けないと知っているから、Fランクダンジョンに余裕をもって探

索に行けるが、先生からしたら俺は何百人いる生徒のうちの一人でしかないんだ。

ほほを膨らませて、「もー！」と怒る先生。

ネフィリア先生の研究室でしばらくお説教を食らった俺は、学園を後にし市場へと向かった。

目的は食糧の買い出しだ。

別に足りないわけではないのだが、食材の種類が減ってくると料理のレパートリーが減ってしまうため、『収納』の中には常に大量に食材を入れておきたいのだ。

市場で買い物をして学園に戻った時には、時刻は既に十九時を回っており、月明かりに照らされながら、寮への道を歩くこととなった。

自分の部屋の前に着くと、扉の間に、二つに折りたたまれた汚い紙が挟まれていた。

「なんだこれ」

手紙ではないし、何かの術式が書かれたとか、そういう魔力の痕跡もない。

俺は紙を手に取って開く。

それは、「Fランクダンジョン地下一階」と書かれた地図だった。入り口から地下二階に下りるための階段までのルート、そして出現モンスターと階層主についての詳細が書かれていた。

俺はその地図と、自分が描いた地図を見比べる。

すると、俺が実際に描いた地図と寸分の狂いもなく同じルートが書き記されていた。

「もしかしてネフィリア先生か？　わざわざ心配してくれたってことか！」

俺は部屋の扉を開け、先生から頂いたであろう地図を大切にしまう。

この地図を使うことは無いが、俺の大切な宝物として、未来永劫《えいごう》とっておかなければ。

明日から俺はまたダンジョンに向かう。

新入生最速攻略を達成すれば、きっと皆、俺のことを羨望の眼差しで見ることだろう。

その後はきっと男子からも女子からもパーティーの勧誘が始まる。俺の取り合いが始まること間違いなしだ。

俺はベッドの中で妄想を膨らませ、楽しい学園生活を夢見て眠るのだった。

■

「おおー！　流石に入学式から十日も経てば、他の生徒もダンジョンに来るか」

ダンジョン受付前には、五人パーティーと思われる生徒の集団がいた。

受付の上のボードには二十人くらいの名前が表示されており、横には『探索中』の表記がされている。その中にはアリス・ラドフォードの文字もあった。

どうやら五人パーティのリーダーとしてダンジョンを攻略しているようだ。

だがSクラス所属の魔法職の生徒の名前はここにはない。きっと今頃はライオネル先生の講義で再試験を受けていることだろう。

前に並んでいたパーティーの受付が終わり、俺の順番がやってきた。前回と同じ手順で受付を終わらせて、俺は一人ダンジョンの入り口へと進んでいく。

階段を下りた先では、受付をしていたパーティーだけではなく、もう一つのパーティーも含めて十人が怒鳴り合いながら会話をしていた。

「貴様らAクラス風情《ふぜい》が、我々の先を歩くとはいい度胸だ。先を譲るというのならその態度許してやろう」

「な、なんでそんなこと言われなきゃいけないんだ！　俺達だって入学試験に合格してAクラスになったんだ！　それにSクラスに順番を譲るなんてルールはない！　順番を守るべきはお前達の方だろ！」

話を聞いていると、どうやら仲間同士でどうやって攻略するかを話しているわけではなく、SクラスがAクラスに文句を言っているみたいだった。

俺が階段から下りてきたことにも気づかず、五対五の口論は続く。

（このましれーっと後ろ通ってもバレなそうだな）

俺は怒鳴り合いを続ける集団の後ろを、しゃがみながら進んでいく。バレないように気配を消してソロリソロリゆっくりと。

ジャリッ。

（やば！）

あともうちょっとで彼らの視界から逃れられるというところで、足を滑らし、音を出してしまった。集団のうちの一人が俺に気づく。

「あ！　おいお前！　あとから来たくせに何勝手に進んでいるんだ！」

全員の視線が俺に向き、口論が止まる。

自分達の目を盗んで、先に進もうとした俺への非難が始まった。

「やはり姓無しはやることが違うな！　我々を出し抜こうとするとはな！」

「アリス様が言っていた通り、卑怯者《ひきょうもの》は姑息《こそく》な手を使うことしか出来ないようだな！」

こいつらはSクラスの生徒だろう。相も変わらず俺のことを卑怯者とか呼びやがって。正直お前達になんて言われようが、俺は全く気にしないからな。

Aクラスの生徒達はSクラスの生徒達が放った俺への罵声を聞いて、俺がどういう存在か認識したらしい。

「お前Sクラスなのにそんなことしてるのか？　恥を知れよ！」

「そうだそうだ！　そもそもなんでお前みたいなやつがSクラスで、なんで俺達がAクラスなんだよ！」

さっきから黙って聞いていれば調子に乗りやがって。そもそもそんなところで話してるお前達がいけないんだろうが！

早くモンスターに襲われないかなこいつら。するとSクラスパーティーのリーダーと思しき男子が皆を手で制し場を収めた。

「まぁまぁ君達。可哀想だからその辺にしといてあげようではないか。彼はその性格からパーティーを組むことも出来ず、一人でダンジョンに挑みに来ているのだよ。その勇気を称えて先に行かせてやろうではないか。あぁ君！　死ぬ時は僕達から離れたところで死んでくれよ！　臭くてたまらないからな！」

「「ハッハッハッハッハ！」」

決めた。決めたぞ俺は。

こいつら一度痛い目に遭わせてやらにゃ俺の腹の虫が治まらん。

俺は逸《はや》る気持ちを抑えて、彼らに笑顔でお礼を言う。その間に十人全員の顔を記憶する。

「ありがとう！　気をつけて進むことにするよ！　もし俺が危ない場面に遭遇したら君達の凄い力で助けて貰えるとありがたいな！　それじゃ！」

そのまま道を進み、彼らの視界から消えてもまだ歩いていく。後ろからは高らかな笑い声が聞こえてきている。

「フッフッフ。今のうちに笑っていればいいさ！」

俺は両手をダンジョンの地面につけ、魔法を発動させる。

「偉大なる大地よ！　我が盾となり矛となれ！　『人形創造《ゴーレムクリエイト》』！」

上級土魔法である『人形創造《ゴーレムクリエイト》』によって俺は二体のゴーレムを作り上げた。大きさは俺よりも大きくてオーガみたいな体格をしている。

このゴーレム達は、俺が作製した時に注いだ魔力の量によって強さ・継続時間が決まる。

今回は俺の魔力の半分をこの二体に注いだため、結構な強さになっているはずだ。

「よし！　なかなかイケてるじゃないか！　君達の名前はゴー君、ムー君だ！」

俺は自分で作り上げたゴーレムの頭を、我が子のように撫でまわす。

「いいか？　これからここにやってくる十人の生徒をボコボコにしてやれ！　だが殺すなよ！　少しお仕置きしてやるくらいで丁度いい！」

俺の言葉を聞いたゴーレム達は理解したのか分からないが、コクコクとうなずく動作をしてくれた。自我があるかどうかはさておき、この二体ならきっと俺の願いを叶えてくれると信じている。

この場にいては犯人と分かってしまうため、俺はゴーレム達から距離をとり、ゆっくりとダンジョンの奥へ歩き始める。

これでアイツらも、少しは痛い目に遭って懲りるはずだ。

俺は『探知』を発動し、彼らの位置を把握する。すると既にモンスターと遭遇して戦闘を行っているようだった。モンスターは三方向の分かれ道のうち、二方向から同時にやってきたようだ。

そのせいか既に三人の魔力反応が微弱になっている。もしかしたら危険な状態かもしれない。

「……ゴー君、ムー君、彼らが危険な状態だったら助けてやってくれ。危機的状況を打破したらその後にお仕置きして欲しい」

俺が再び二体のゴーレム達に指示を出すと、二体は一度深く頷き、戦闘が行われている方へと走っていった。しばらくして彼らの叫び声が聞こえたが、『探知』で見る限り急に現れたゴーレム達に驚いただけのようだ。

その後、すぐにモンスターの反応は消えたため、無事に彼らを助けることが出来たようだ。

「どれだけ俺のこと馬鹿にしてこようが……命は命だ。感謝しろよ」

そう一言呟き、『探知』を切る。

どんな仕打ちをされようが、結局は自分を変えることは出来ない。

甘くて温いその心までは。


彼らを助け出した二体のゴーレムは、学園内で勇者が遣わした『双石の英雄』としてあがめられることになる。ただしこれ以降、その姿を見た者は居ない。

■

「お前が階層主か」

俺の目の前に現れたゴブリンの小集団。それを後ろから見守っている杖を持ったゴブリン。

よく見ると、背丈も通常のゴブリンよりも少し高く、ゴブリンメイジよりも魔力量が多い。

俺はそいつを『鑑定』にかけてステータスを確認する。

【種族】ゴブリンジェネラル
【レベル】5
【HP】50／50
【魔力】100／100
【攻撃力】F＋
【防御力】E
【敏捷性】F＋
【知力】E
【運】F－
【スキル】
初級火魔法
初級棒術
統率（微）

「ゴブリンジェネラル、外では遭わなかったモンスターだな。しかも新しいスキルを持ってるじゃないか！」

ステータスの最後に刻まれている『統率（微）』という文字。

集団を率いる者が所持していると、その集団のステータスを僅かに上昇させるスキルだ。

今の俺には正直必要ないが、このスキルを取れば『解体』スキルがランクアップするはずだ。

「もう魔力は十分回復したし、チャチャっと片付けちゃうか」

俺がゴーレムを作ってから既に二時間は経過しており、俺の魔力は全回復している。いつものように右手をかざし魔法を放つ。

「『火矢《ファイヤーアロー》』！」

六発の『火矢《ファイヤーアロー》』がゴブリンの集団目掛け飛んでいく。そのままゴブリンジェネラルを守る形で立っていたゴブリン達を倒し、残すはゴブリンジェネラルのみ。

「ギギッ！　ガァー！」

仲間が一瞬にしてやられたことに焦り、ゴブリンジェネラルは叫び声を上げ、俺に向かって『火球《ファイヤーボール》』を飛ばしてきた。この間見た生徒達の魔法よりも少し大きくスピードも速い。俺にとってはなんてことない魔法だが。

「ならこっちも『火球《ファイヤーボール》』！」

俺はすぐさま『火球《ファイヤーボール》』を発動し、ゴブリンジェネラルが放った『火球《ファイヤーボール》』目掛けて放つ。

相殺するかと思ったが、俺の『火球《ファイヤーボール》』が相手の『火球《ファイヤーボール》』を打ち消し勢いが衰えることもなくゴブリンジェネラルへと飛んで行った。

そのままゴブリンジェネラルを燃やし尽くした。

俺はその場で一呼吸つき、倒した敵のもとへと進んでいく。

ゴブリンを『解体』し、ゴブリンジェネラルの亡骸へと歩みを進めていく。

スキルを発動しようとした瞬間、後ろから足音が聞こえてきた。

俺は一度立ち上がり、足音の方へと顔を向けた。

しばらくすると、アリスを先頭に五人パーティーが俺の方へと歩いてきた。

アリスは俺が居たことに驚いたのか、一瞬目を見開き、すぐに平然とした表情に戻る。俺の思い過ごしだろうか。アリスの目から、光が少し薄れている気がした。

「あらアレクさんですか。こんなところでお一人とは。パーティーの方はどうしたんですか？」

アリスが言うと、後ろにいた他の四人はクスクスと笑い出す。

他にパーティーメンバーが居ないことが分かってるのにそんな意地悪な質問をするとは。アリスの性格は変わっていないみたいだな。

自分が好きな相手以外には高圧的になるところ。初めて会った日のアリスもこんな感じだった。

「見れば分かるだろ？　俺はソロで攻略してるんだよ」

俺が返事をすると我慢出来なくなったのか、アリスの後ろにいた四人は一斉に噴き出し、盛大に笑い始めた。

アリスが軽くたしなめるが、その口元も緩んでいるのが見えた。

というか、こんな長話をしていたらゴブリンジェネラルの体が粒子になってしまう。早く『解体』しないと、スキル玉が取れなくなっちゃうじゃないか。

「フフ。お一人とは可哀想ですね。まぁ不正するような輩《やから》と組む者なんて、この学園には一人も居ませんよ」

「何度も言ってるけど不正なんかしていない。それはアリスが一番分かってるんじゃないのか？」

俺がアリスにそう答えると、アリスは苦虫を噛み潰したような表情になる。

アリスの視線が、俺の足元に転がっているゴブリンジェネラルの焼死体へと向く。

それを見てアリスは鼻で笑い、また俺をバカにしてきた。

「たった一体のゴブリンに上級魔法を使うなんて、よっぽど戦闘経験がないのですね。これでは長続きしませんよ？」

「こいつはゴブリンジェネラルだよ。ゴブリンの小集団を統率しているモンスターで、この階の階層主だ。俺がこいつと対峙した時には、他にもゴブリンが五体いたんだぞ？　魔法も放ってくるし、多分君達が遭遇してたら酷い目に遭ってたと思うよ」

足元で粒子となっていくゴブリンジェネラルの亡骸を見つめながら、アリスに返事をする。お前達のせいで『解体』が出来なくなったじゃないか！

「ゴブリンジェネラルですって？　貴方、いくら不正で合格したからって嘘はいけませんよ？　ゴブリンジェネラルは単体だとFランクモンスターですが、集団を率いている場合はEランクに相当するんです。それを新入生が倒せるわけありませんでしょ？」

アリスの後ろで笑っていた女子が会話に入ってくる。

他のやつらも同じ意見のようで、ギャーギャーと喚《わめ》いていた。

「そうか。だったらこの魔石あげるから、受付にでも先生にでも確認して貰えばいい。俺はもう先に行くよ」

折角『解体』がランクアップ出来るチャンスだったのに、それをふいにされてイライラした俺は、足元に落ちていたゴブリンジェネラルの魔石を、アリスに向かって放り投げる。

アリスが受け取ったのを確認すると、俺は向きを変え足早にその場を去った。

俺はその後地図を開き、階段への最短距離で進んだ。

■

「皆さん、今日はこの辺で終わりにして帰りましょう！」

私——アリスはパーティーメンバーに向け声をかける。

時刻は十八時を過ぎた頃。ダンジョンに入って九時間は経過した。

正直私はまだまだいけるが他のメンバーの様子を見ると限界に近いようだ。

今日は攻略初日なので、ダンジョンの雰囲気に慣れることを目的にやってきたのだ。

それが案外モンスターを簡単に倒すことが出来たため、この時間まで残ってしまっただけだ。

「分かりましたアリス様。では入り口に向かいましょう」

メンバーの一人が私に返事をし、みんなで出口へと向かう。

私以外のメンバーは会話を弾ませているが、私はその輪に入れずにいた。

「この間出来たワッフル屋さん凄く美味しかったのよ！　今度皆で行ってみない？」

「もしかして『フロマーゼ』って名前のお店？　あそこ行ってみたかったの！」

「そうそう！　ワッフルの上に、アッポウとか載ってるのよ！」

ダンジョンの中にいるというのに、そんな話ばかりだ。

別に、私だって興味がないわけではない。ただそういうお店に行く機会がなかっただけ。

そんなお店に行ってるくらいなら、剣の腕を磨いている方がよっぽど有意義だ。

ただその時間すら無駄になったのかもしれない。

私はアレクとの試合を思い出し、たまらず歯ぎしりをする。

私が費やした五年間は一体何だったのか。

そんなことを考え下を向くと、胸元のネックレスが目に入った。

そうだ、私にはこれがある。これさえあればアレクなんてすぐに追い越せる。そうしたら今度こそアレクを超えられる。

「フフフ」

私は周りの誰にも聞こえないような小さな声で笑った。

無事にダンジョンから出た私達は受付に向かい、帰還の報告を行う。

受付には今日ダンジョンに挑んだであろう生徒が群がっていた。

周りを見渡すがアレクの姿は見つからない。アレクがいればもっと楽しいことになったのに。

私は受付の女性に、アレクから投げつけられた魔石を見せる。

「これ何の魔石か分かります？　ある生徒が言うには、自分が倒した『ゴブリンジェネラル』の魔石だと言うんですよ。それが本当かどうか知りたくて」

「はぁ、分かりました」

受付の女性は少し呆れた表情で魔石を受け取った。

やはりゴブリンジェネラルを新入生が倒すなんて信じていないのだろう。

だが私は、それがゴブリンジェネラルの魔石だと確信している。私のスキルを避けるだけでなく反撃をしてきたアレクが、ゴブリンジェネラル如きを倒せない方がおかしいと。

予想通り、受付の女性はみるみると表情を変えた。

「こ、これ本物です！　本物のゴブリンジェネラルの魔石です！　どなたが倒したんですか！」

周りがざわつき始める。

たとえ新入生であろうと、この学園に入学出来る知識があるのならゴブリンジェネラルの強さも把握しているはずだ。それを入学して二週間も経たずに倒した者がいるというのだ。騒ぎにならない方がおかしい。

私は受付の人に向かって、ゴブリンジェネラルを倒した人物の名前を告げようとした。アレクという、Sクラスの生徒が倒したと。

その時、ネックレスの石が怪しく光った。その瞬間、私の意識が遠のく。

私は何かに操られたように、受付の女性にだけ聞こえるよう、耳元で囁く。

「それ、実は私が倒したんですよ。皆には内緒ですよ？」

私はパーティーメンバーに声をかけ、その場から去っていく。

後ろからはまだざわめきの声が聞こえてくる。

きっと他の生徒は、誰がゴブリンジェネラルを倒したのか受付の人に聞いているのだろう。

「フフフ」

いつの間にか私の目から光が消え、胸元の石が薄黒く輝いていた。

■

「ふっふっふ。最高だ！　最高じゃないか！」

目の前に積まれたモンスターの亡骸を前に、俺――アレクは声を上げて喜んでいた。

俺はFランクダンジョンの地下三階にやってきていた。地下二階から三階まで最短距離で下りてきたため、そんなに時間は経っていない。

対峙したモンスターには魔法をぶっ放し、ストレス解消させて貰った。

しかし、あまりにもモンスターが弱すぎて相手にならない。

複数出てきても、魔法を連発すれば秒殺出来てしまう。俺はどうにかもっと楽しくダンジョン攻略が出来ないものか思考を巡らせていた。そして俺は一つ面白いことを考え付いた。

「ひとまず『探知』のスキル玉使っとくか」

今日の戦闘で手に入れた『探知』のスキル玉を使用すれば、『探知』スキルをランクアップ出来る。俺は『収納』からスキル玉を取り出し、自分の体へ取り込む。

自分を『鑑定』し、ステータスの『探知』スキルが（大）になっていることを確認する。

「さてさてどう変わったのかな……うお、マジか」

今までの『探知』では、魔力量までしか分からなかったのだが、今回のランクアップで、モンスターの姿まで分かるようになった。

「さて、お次はと」

俺はしゃがみ込んで地面に両手をつける。

「偉大なる大地よ！　我が盾となり矛となれ！　『人形創造《ゴーレムクリエイト》』！」

詠唱が終わり、地面から六体のゴーレムが現れた。

使用した魔力量は今朝と同じ程度だが、三体に多めに振り、もう三体には少なめに魔力を振り分けた。それぞれを（大）（小）として、二体ずつ三つのペアを作る。

「よーし！　これからチームに分かれて、モンスターを討伐してきてくれ！　倒したモンスターはすぐに俺のところへ持ってくること！　『解体』出来なきゃ意味ないからな！」

『解体』スキルが適用される範囲は、自身が討伐したモンスターのみである。そのため俺は今まで、直接ダメージを与える攻撃手段でモンスターを倒してきた。

しかし直接俺が倒さなくても、俺が創造したゴーレム達であれば範囲内として適用されるのではないかと考えたのだ。

そのため今回は実験的に（大）が戦闘を行い、（小）がモンスターの亡骸を俺に運んでくるように魔力を分けたのだ。

俺の言葉を理解したのか、それぞれのチームが移動を開始する。

俺は角部屋へと移動して『探知』スキルを発動し、紙とペンを持つ。こうすればゴーレムの移動した道をマッピング出来るし、スキル玉も集まるという画期的なシステムの完成だ。

俺の目論見《もくろみ》通り、三チームがそれぞれ別の方向へと進み始めた。

地図と見比べると、丁度分かれ道のところだったので、指示通り動いてくれているのが分かる。

「うーん、マッピングする時は二グループぐらいが限界かもな。俺の書くスピードが追い付かない」

十分程してそれぞれのチームが戻ってきたのだが、合計三十体のモンスターの亡骸を持ってきてくれた。

（小）だけでなく（大）の方もモンスターを運ぶのを手伝ってくれたようだ。これなら全員同じ魔力量の方が戦闘も早く済むのではないか？　それだと魔力効率が悪いか。

「まだまだ改良点はありそうだな。よし！　死体はここに置いてまた戦闘に行ってきてくれ！」

ゴーレム達は持ってきたモンスターの亡骸を一箇所に山積みにして、また戦闘へと戻っていった。

「ふっふっふ。最高だ！　最高じゃないか！　あとはこれが『解体』出来るかどうかだな」

目の前に積まれたモンスターの亡骸を前に、俺は声を上げて喜ぶ。

急いで『解体』スキルを発動すると、見事モンスターはスキル玉と魔石に変わった。やはりゴーレム達が倒しても自分が倒したことになるみたいだ。

俺は目の前に積まれたモンスターの亡骸をどんどんスキル玉へと変えていく。今回入手したスキル玉は全て『収納』にしまうつもりだ。

アルテナが言っていた「大切な人」というのが誰のことを指しているのかは分からないが、その人物を死なせないためにも、スキル玉は正しく使っていく必要があるのだ。

結局二時間程度ゴーレム達に戦闘をこなして貰い、その間俺は荷物の整理や夕飯の準備を進めた。

難度が低いダンジョンであれば、スキルを集めるのに自分が行かなくてもいいと分かったことが今日の収穫だな。

その後、戻ってきたゴーレム達にねぎらいの声をかけ、土へと還《かえ》してやった。

懐中時計へ目をやり時間を確認する。時刻は二十時を少し回ったところだ。

「そろそろ時間だし、この部屋で寝るとするかな」

俺は唯一の出入り口に『土壁《アースウォール》』を設置し、二体のゴーレムを創造する。

「ゴー君、ムー君、見張りと護衛頼んだよ。何かあったら起こしてね」

俺は『収納』からベッドを取り出して、パジャマに着替えて眠りについた。

■

薄暗い部屋の中。

相も変わらずゴミや本が散乱した部屋でうごめく人影がいた。

「フフ。いいねいいねー！」

女は、目の前の机に置かれた水晶のような形をした物体を、食い入るように見つめている。

その中には、赤髪の女の子が一人歩く姿が映し出されていた。

「やっぱりこの子を選んで良かった！　こんなに早く溜まるなんて！」

嬉しいことがあったのか、両手を握りしめクルクルと回り始める。当然そんなことが出来るスペースはこの部屋にはなく、散乱していたゴミにぶつかり倒れ込んでしまう。

「イタ！」

仰向けに倒れ込んだせいで頭を強打してしまい、両手で頭を抱え込む。

「……お前、なにやってるんだ」

上から声をかけられ目をやると、黒いフードの男が、倒れ込んだ女をのぞき込んでいる。

「アハハ、ちょっとね運動をね。うん」

「はぁ。ほら立てよ」

フードの男が呆れた様子で、女に手を差し伸べ引っ張り上げる。

「ありがとう。それでどうしたの今日は」

「・・・あの方から言伝《ことづて》を賜《たまわ》ってきた」

フードの男の口から発せられた言葉に、女はニコニコと笑い始めた。

「なになに！　早く教えてよ！」

「『実験は順調かい？　君からの成功報告を楽しみにしているよ』だそうだ」

言伝を聞かされた女は、さっきよりも表情を緩ませ小躍りしている。

「フフフ。アハハ。任せてよ！　順調に行ってるって伝えといて！　きっと良い報告が出来るかもらって！」

「私も期待している。頼んだぞ」

フードの男は黒い渦へと消えていった。

小躍りしていた女も落ち着きを取り戻し、机の上を片付け、新しい作業に取りかかる。

窓からは月明かりが差し込む。

この世界の終焉《しゅうえん》に向け、彼らの歩みは止まらない。

■

俺——アレクが、再びFランクダンジョンの攻略を始めてから四日目。

生徒の救出やアリスとのひと悶着、ゴーレムの実験と色々あったが、ようやく最下層、地下五階へと到達した。ここからは未探索の領域だ。

俺は早速ゴーレムを召喚し、行動を開始する。

ひとまずマッピングを優先したいため無駄な戦闘は省いていきたい。モンスターに遭遇しないようゴーレムに間引いて貰いながら探索をしていく。

出来れば階層主に遭遇したいが、なかなか難しい。

「くそー。やっぱりあの時、何とかして新しいスキル手に入れとくんだったなー」

あと一つ新スキルを入手すれば『解体』がランクアップするのだ。別に急を要しているわけでもないが、どんな内容になるか気になって仕方がないのだ。

「まぁ階層主じゃなくても、ダンジョンボスなら新しいスキル持っているだろ、問題はダンジョンボスにも『解体』が有効かどうかだな」

ぶつぶつと呟きながら、手元の紙にルートを書いていく。

『探知』とゴーレムの間引きにより、俺のマッピング速度は遥かに上昇していた。

探索開始から二時間。俺達は巨大な鉄の扉の前にいる。

「ここがきっとボス部屋だ」

正直言って負ける気はしないが、緊張はしている。どんなモンスターが出るのか講義では教えて貰えなかったし。

Fランクダンジョンとはいえボスはボスだ。強力なモンスターが待ち構えていることが予想される。ゴブリンジェネラルがゴブリンメイジを引き連れているとしたら厄介だ。

試しに『探知』スキルを発動してみるが、扉の奥からは反応は見られない。

多分そういったスキルを妨害する扉、もしくは部屋なのだろう。

俺は扉の前で、深呼吸をする。

「何が来ようが、俺はオーガキングを倒した男。獅子はウサギを狩るのにも全力を出したという。俺も全力を出す！」

俺は巨大な扉を勢いよく開く。

部屋の中には、ゴブリンジェネラルが二体、ゴブリンメイジが三体、ゴブリンが二体。

そして一番奥に、鎧《よろい》を着た少し背の高いゴブリンがいた。

俺はそいつに視線を向け『鑑定』を発動した。

【種族】ゴブリンロード（亜種）
【レベル】15
【HP】250／250
【魔力】200／200
【攻撃力】E＋
【防御力】E
【敏捷性】E
【知力】D
【運】E－
【スキル】
初級剣術
統率（小）

「ゴブリンロード。お前がこのダンジョンのボスか」
俺が剣を構えたその瞬間、ゴブリンロードが剣先を俺に向けて雄叫びを上げる。

「ガーーー!!」

雄叫びを合図にゴブリンメイジ、ゴブリンジェネラルが一斉に魔法を放ってきた。

「そう来るか。『土壁《アースウォール》』!」

俺は目前に土の壁を作り上げ、放たれた魔法を防ぐ。

続けて『探知』を発動し、すぐさまモンスターの位置を把握する。

壁で前は見えなくなっているがこれで俺に死角はない。

二体のゴブリンが、壁の両側から俺を挟み撃ちにするように行動してきた。

通常のゴブリンでは考えられない行動に俺は驚く。

目の前の敵に武器を振るうことしか出来ないはずなのに、挟み撃ちという立派な戦闘をしてくるとは、夢にも思わなかった。これが『統率』スキルの力なのだろうか。

「少しは楽しめそうだな!『火矢《ファイヤーアロー》』!」

俺は後ろに飛びのきながら魔法を放ち、ゴブリンから距離を取る。

ゴブリン達の作戦は良かったが、移動速度が違う。

俺に逃げられることを予想して作戦を立てなければ攻撃は当たらない。そして俺が放った魔法により二体のゴブリンは地に倒れる。

「さぁどんどん来い!」

二体の駒を失ったゴブリンロードがどう動くか見ものだ。

するとゴブリンロードがもう一度雄叫びを上げる。

「ガーー、ギャー!!」

まるで他のゴブリンに指示を出しているかのような雄叫びの後、ゴブリンジェネラルとゴブリンメイジは左右に分かれ走り始めた。

ゴブリンロードもそれに続き、真っ直ぐ俺のところへと走ってくる。どうやら三方向から同時で攻撃してくるようだ。

「いい作戦だ！　だがまだ温《ぬる》い！」

俺は自らが出した『土壁《アースウォール》』を壊しゴブリンロードに向かって右手を突き出す。

「凍てつく氷よ、我が敵を貫け！　『氷槍《アイスランス》』！」

俺との間に発生した壁が突然消えたことにゴブリンロードは一瞬驚きの声を上げたものの、勢いを落とすことなく突っ込んでくる。

驚いたことに、ゴブリンロードは俺の魔法を避けた。

正確には、避けることは出来なかったが、剣を持っていない左手を犠牲にすることで俺の魔法を防ぎ、尚且つ攻撃が出来る選択肢を選んだのだ。

「クソ！　お前やるじゃねーか！」

俺はすぐさま右手に剣を握り、魔力を通してゴブリンロードの攻撃に備える。勿論その間にもゴブリンジェネラル、ゴブリンメイジが、俺に向けて魔法を放つ準備をしている。

そして俺の剣とゴブリンロードの剣がぶつかる。

当然のことだが俺の剣の方が切れ味もよく強度も強いため、ゴブリンロードの剣はまるでバターをスライスしたかのようにスッと切れてしまった。

一瞬焦ったゴブリンロードだが、すぐさま次の行動に移る。

なんと剣を放り投げ、俺にしがみついてきたのだ。俺がその場から動くことが出来ないようにと。

そして、ゴブリンジェネラル達に向けて雄叫びを上げる。

「ガー！　ガー！　ギャー！」

それを合図に、一斉に俺に向かって魔法が放たれる。だがゴブリンロードは俺から離れることもせず未だにしがみ付いている。

「お前もろともってやつか。クソ！」

なんとか避けようとするが、判断が間に合わず、ゴブリンロードと共に被弾してしまう。

衝撃で、ゴブリンロードは俺の体から離れ地面へと落下した。

「グッ……まさかFランクダンジョンで傷を負うことになるとはな。やるなお前」

震えながらも立ち上がろうとしているゴブリンロードに声をかける。

なんだかとてもいい試合をしている気分だ。アリスの模擬戦の時よりも遥かに楽しい。

ボロボロになりながらも、再び仲間に向けて叫ぶゴブリンロード。

「ガー……」

弱々しいが、力の籠もった雄叫びだった。

敵を倒す、その一心で行動するモンスターなど今まで見たことがない。

「敵ながら凄いよ本当。お前のことは一生忘れない」

俺は両手をかざし、ゴブリンジェネラル達に向けて魔法を放つ。

「渦巻く炎よ！　我が標的を灰と化せ!!　『炎渦放射《フレイムバースト》』」

ゴブリンに放つ魔法ではないかもしれない。ただこいつとの戦闘で手を抜きたくなくなった。

この部屋に入る前に言っていたじゃないか。俺も全力を出すと！

俺の魔法を受けたゴブリンジェネラル達は焼き尽くされ、動きを止めた。

俺は再び剣を握りしめ、ゴブリンロードが立ち上がるのを待つ。

「『剣気解放』」

スキルを発動し、最高の技を放つ準備をする。居合の構えになり、その時を待つ。

ゴブリンロードが立ち上がり、俺を見据えた瞬間、この戦いは終わりを告げた。

「誇れ！　お前は強かった！　『覇空切断《はくうせつだん》』!!」

俺はその場で抜刀する。斬撃が飛ぶわけでも何か起こるわけでもない。しかしゴブリンロードのクビがポトリと落ちる。俺は、ゴブリンロードの首があった空間を切ったのだ。

ようやくボス戦が終わった。奥の扉が音を立てて開き始める。

俺は傷ついた体を回復魔法で癒すことも忘れ、ゴブリンロードの亡骸へと歩いていく。

この傷は油断でもなんでもなく、ゴブリンロードが自分の命を代償にして俺につけた傷だ。

まさかここに、そんなモンスターが居るとは思っていなかった。

「お前のスキル。俺と一緒に運んでいくよ」

まだ『解体』出来るかどうかも分からないのに、俺の口から言葉が漏れる。

俺がゴブリンロードの亡骸に手を添えスキルを発動すると、ゴブリンロードの体は粒子となり魔石とスキル玉を残して消えていった。

俺は魔石を『収納』にしまい、スキル玉を取り込んでいく。

ステータスを確認し『統率（小）』のスキルが増えていること、そして『解体』がランクアップしていることを確認した。内容はダンジョンを出てからゆっくり確認するとするか。

今は噛みしめよう。

新入生最速、Fランクダンジョン踏破の味を――

超貴族主義の国で奴隷のように働かされていた鑑定士の青年、アルト。毎日の重いノルマによって過労死寸前になっていた彼はある日、職場で出くわした敵国の軍人に才能を認められ、亡命してくるよう勧めてもらった。人生をやり直すチャンスと思い、亡命を決意するアルト。めでたく新天地でスローライフを送るかと思いきや……あれよあれよと言う間に、アルト自身も軍属となってしまう。しかも彼は成り行きで将軍候補生となり、落ちこぼれの少女達の上司となることに!?　アルトは万能鑑定スキルを駆使して彼女達の眠れる素質を開花させ、一流の軍人へと育成していく――!

◉定価:1320円(10%税込)　ISBN 978-4-434-29000-8　◉illustration:桶乃かもく

一生に一度スキルを授かれる儀式で、自分の命を他人に渡せる「生命譲渡《サクリファイス》」という微妙なスキルを授かってしまった青年ユーリ。そんな彼は直後に女性が命を落とす場面に遭遇し、放っておけずに「生命譲渡《サクリファイス》」を発動した。あっけなく生涯を終えたかに思われたが……なんとその女性の正体は神様の娘。神様は娘を救ったお礼にユーリを生き返らせ、おまけに毎月倍々で経験値を与えることにした。思わぬ幸運から第二の人生を歩み始めたユーリは、際限なく得られるようになった経験値であらゆるスキルを獲得しまくり、のんびりと最強になっていく――!

◉各定価:1320円(10%税込)　◉Illustration:中西達哉

この作品に対する皆様のご意見・ご感想をお待ちしております。
おハガキ・お手紙は以下の宛先にお送りください。

【宛先】
〒150-6008東京都渋谷区恵比寿4-20-3恵比寿ガーデンプレイスタワー8F
(株)アルファポリス　書籍感想係

メールフォームでのご意見・ご感想は右のQRコードから、
あるいは以下のワードで検索をかけてください。

アルファポリス　書籍の感想　検索

ご感想はこちらから

本書はWebサイト「アルファポリス」(https://www.alphapolis.co.jp/) に投稿されたものを、改題、改稿、加筆のうえ書籍化したものです。

最強《さいきょう》の職業《しょくぎょう》は解体《かいたい》屋《や》です！

ゴミだと思《おも》っていたエクストラスキル『解体《かいたい》』が実《じつ》は超有能《ちょうゆうのう》でした

服田《ふくだ》晃和《あきかず》　著

2021年7月4日初版発行

編集－宮本剛・芦田尚
編集長－太田鉄平
発行者－梶本雄介
発行所－株式会社アルファポリス
〒150-6008東京都渋谷区恵比寿4-20-3恵比寿ガーデンプレイスタワー8F
TEL 03-6277-1601（営業）03-6277-1602（編集）
URL https://www.alphapolis.co.jp/
発売元－株式会社星雲社（共同出版社・流通責任出版社）
〒112-0005東京都文京区水道1-3-30
TEL 03-3868-3275
イラスト－ひげ猫
URL https://www.pixiv.net/users/15558289
デザイン－AFTERGLOW
印刷－中央精版印刷株式会社

価格はカバーに表示されてあります。
落丁乱丁の場合はアルファポリスまでご連絡ください。
送料は小社負担でお取り替えします。

ISBN978-4-434-28890-6 C0093